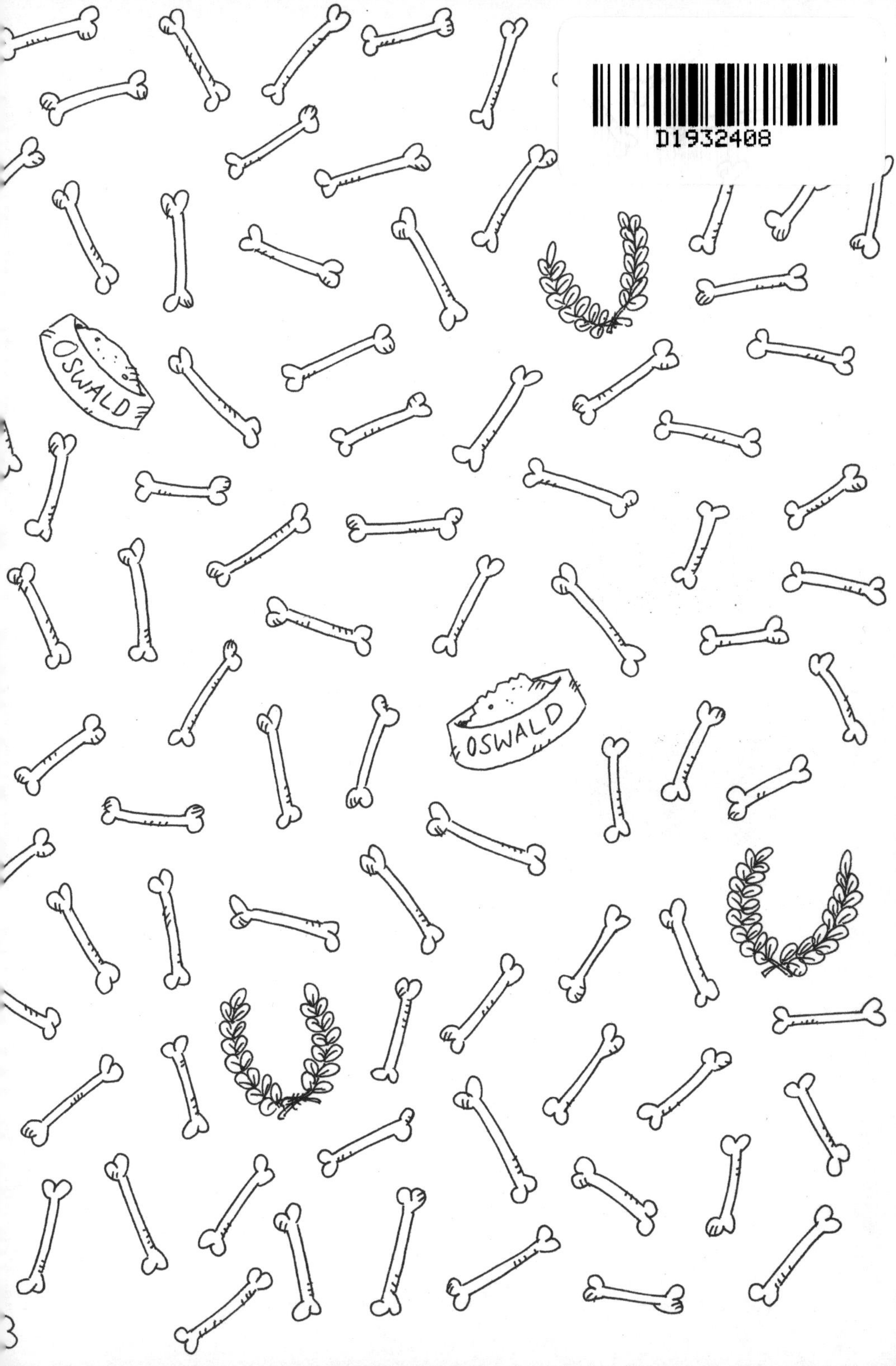

D1932408

CHRISTIAN BIENIEK

OBERSCHNÜFFLER OSWALD

Mit Illustrationen von Ralf Butschkow

arsEdition

Die Deutsche Bibliothek – CIP-Einheitsaufnahme

Bieniek, Christian:
Oberschnüffler Oswald / Christian Bieniek.
Mit Ill. von Ralf Butschkow. - München : Ars-Ed., 1997
ISBN 3-7607-3754-X

Copyright © 1997 by arsEdition, München
Alle Rechte vorbehalten
Titelbild und Innenillustrationen: Ralf Butschkow
Einbandkonzeption: Ralph Bittner
Druck und Bindung: Westermann Druck Zwickau GmbH
Printed in Germany · ISBN 3-7607-3754-4

Tierquälerei!

Jetzt renne ich schon seit einer Stunde neben Timos Fahrrad her. Okay, ich hab zwar vier Beine, aber leider keine Gangschaltung. Und diese Hitze! Noch ein Kilometer und ich falle tot um. Timo sollte sich mal überlegen, was eine Hundebeerdigung kostet. An seiner Stelle würde ich das Geld lieber sparen und mich ins Körbchen setzen.

Jawohl, das müsst ihr euch mal vorstellen, Leute: Timo hat ein Hundekörbchen auf seinem Gepäckträger! Und trotzdem hetzt er mich durch halb Düsseldorf. Wieso glaubt dieser Spinner eigentlich, dass ich mir alles gefallen lasse?

Eigentlich müsste Timo wissen, dass wir Hunde niemals unsere Raubtierinstinkte verlieren. Klar, ich gebe ihm Pfötchen, wenn er mich höflich darum bittet. Aber ich kann mich jederzeit blitzschnell in einen Killer verwandeln und ihm an die Gurgel springen.

Hat Timo denn keine Angst, dass ich ihn an der nächsten roten Ampel vor Wut in ein 1000-Teile-Puzzle zerreiße?

Dauernd muss ich aufpassen nicht über meine Zunge zu stolpern. Als ich an einem Schaufenster vorbeilaufe, werfe ich schnell einen Blick auf mein Spiegelbild. Oh Mann, seh ich bescheuert aus, wenn mir der Lappen aus dem Maul hängt!

Eine Straße weiter kichert sogar ein kleines Mädchen über mich. Am liebsten würde ich stehen bleiben und ihr auf die Turnschuhe pinkeln. Aber dann würde ich mein Herrchen wahrscheinlich nie mehr einholen.

Herrchen – dass ich nicht lache! Timo ist vor ein paar Wochen elf Jahre alt geworden. Und von so einem Rotzlöffel lasse ich mich seit einer Stunde durch die Gegend scheuchen. Überhaupt: Wie Timo mich in letzter Zeit behandelt – unmöglich! Dauernd tritt er mir aus Versehen auf den Schwanz. Und wenn ich ihn nicht ständig an mein Fressen erinnern würde, wäre ich schon längst verhungert; er denkt einfach nicht mehr daran, mich zu füttern. Wir haben auch schon ewig nicht mehr zusammen gespielt.

Und wer ist schuld daran, dass Timo sich nicht mehr um mich kümmert? Sein neuer Computer! Den ganzen Tag hockt er vor diesem blöden Ding. Ich könnte morgen meine Koffer packen und ins Tierheim ziehen, ohne dass Timo was davon merken würde.

Das darf ja wohl nicht wahr sein: Jetzt legt Timo auch noch einen Zahn zu! Er tritt so mächtig in die

Pedale wie die Tour-de-France-Fahrer kurz vorm Ziel. Hat der ’n Knall? Ich bin doch kein Windhund! Mein Vater ist zwar ein Terrier, aber meine Mutter ist schließlich nur ein – äh – na ja – äh, reden wir lieber nicht drüber.

Obwohl ich so schnell laufe, wie ich kann, wird der Abstand zwischen Timo und mir immer größer. Ich will ihm hinterherbellen, aber meine Kehle ist so ausgetrocknet, dass mir nur ein heiseres Gejaule gelingt. Und Timo fährt immer weiter!

Was soll der Quatsch? Hat ihm die ständige Fummelei an seinem Computer jetzt endgültig den Verstand geraubt?

Nein, was zu viel ist, ist zu viel. Ehe ich mit einem Herzinfarkt zusammenbreche, bleibe ich stehen, schleppe mich total geschafft vor einen Hauseingang und lasse mich fallen.

Eine Frau mit Kinderwagen kommt vorbei. Im Wagen sitzt ein Baby mit blonden Locken, Samtkragen, Ohrringen und Halskettchen. Das Baby zeigt auf mich und verzieht dabei seine dicken Backen zu einem Grinsen. Was ist so komisch an einem Hund, der vor Erschöpfung im Sterben liegt?

»Der arme Wauwau kann nicht weiterlaufen, weil er in einen Dorn getreten ist«, fantasiert die Mutter und wird dabei kein bisschen rot.

Kopfschüttelnd sehe ich den beiden hinterher. Wenn ich in der Stadt unterwegs bin, trete ich auf Zigarettenkippen, Flaschendeckel, Kaugummis und verschimmelte Fritten. Und die quasselt was von Dornen! Ein Glück, dass wir Hunde nicht sprechen können, sonst würden wir vielleicht genauso viel Mist reden wie ihr Menschen.

Ich warte und warte, aber Timo kommt nicht zurück. Allmählich dämmert mir, was diese dämliche Hetzjagd zu bedeuten hatte: Mein feines Herrchen will mich loswerden! Anscheinend macht es ihm keinen Spaß mehr, einen Hund zu haben. Tja, gegen seine zig Computerspiele hat ein langweiliger Vierbeiner wie ich halt keine Chance – also weg mit mir.

Von wegen! So einfach lasse ich mich nicht abschieben. Schließlich findet jeder Hund auch alleine den Weg nach Hause. Dabei hilft ihm sein Instinkt. Ich muss jetzt nur die Straße zurück und an der zweiten Kreuzung – oder war es die dritte? Auf jeden Fall geht es dann nach links. Nein, nach rechts. Oder muss ich etwa schon an der ersten Kreuzung abbiegen?

Hm, vielleicht sollte ich meinen Instinkt lieber gegen einen Stadtplan umtauschen.

Timo ...

Ich vergrabe meinen Kopf zwischen den Pfoten und brüte traurig vor mich hin.

Ja, ich bin schrecklich enttäuscht von Timo, allerdings nicht besonders überrascht. Drei Jahre lang waren wir ein Herz und eine Seele, aber seit er diesen neuen Computer zum Geburtstag geschenkt bekommen hat, bin ich nur noch Luft für ihn. Und jetzt hat er wohl endgültig genug von mir und setzt mich aus.

Tja, so ist das Hundeleben: Gestern noch gehätschelt und getätschelt und heute wie ein Stück Sperrmüll an den Straßenrand ...

»Hey, was ist los, du Faulpelz?«, höre ich Timo plötzlich rufen.

Wow, er ist zurückgekommen! Wenn ich könnte, würde ich sofort aufspringen, wie ein Irrer mit dem Schwanz wedeln und mir die Lunge aus dem Hals bellen. Aber ich bin so geschafft, dass ich zum Zeichen der Freude nur mit dem linken Ohrläppchen wackeln kann.

Timo steigt vom Fahrrad, lehnt es an einen Laternenpfahl und kommt auf mich zu.

»Warum rennst du denn nicht weiter?«, fragt er, als er vor mir steht. »Hast du etwa keine Puste mehr? Wir sind doch erst seit fünf Minuten unterwegs.«

Wirklich? Und mir kams so vor, als wäre ich stundenlang durch die Gegend gelaufen.

»Du brauchst Bewegung, Dicker!«, sagt Timo. »Wie fett willst du denn noch werden? Bis du platzt?«

Nun mal langsam, ja! Was heißt hier fett? Das bisschen Übergewicht ...

»Na komm, steh auf! Ein kleiner Dauerlauf tut dir mal ganz gut.«

Ich stelle mich taub und bleibe liegen. Diese elende Lauferei kann mir gestohlen bleiben! Schließlich trainiere ich nicht für die nächste Hunde-Olympiade. Meine Lieblingssportart ist Fressen und darin bin ich Meister.

Timo zögert noch ein Weilchen und kratzt sich am Hinterkopf. Dann stößt er einen Seufzer aus, hebt mich hoch, trägt mich zum Fahrrad und setzt mich ins Körbchen.

Na bitte! Warum nicht gleich so, Herrchen?

Timo steigt auf den Sattel, dreht sich zu mir um und fragt: »Und? Bist du jetzt zufrieden, Oswald?«

Pssst, nicht so laut! Meinen bescheuerten Namen muss ja wohl nicht die ganze Stadt mitkriegen.

»Na, Fettsack?«, begrüßt mich Isabel, als wir eine Viertelstunde später in ihrem Garten ankommen.

Dafür müsste ich ihr eigentlich die Hand abbeißen, als sie mich aus dem Körbchen hebt. Aber ich habe keine Lust zur Strafe dafür eingeschläfert zu werden. Okay, Pennen ist zwar eins meiner Hobbys, aber anschließend wache ich auch ganz gerne wieder auf. (Außerdem könnte ich Isabel sowieso kein Härchen krümmen. Sie ist nämlich ein irre nettes Mädchen.)

Isabel lässt sich mit mir auf der Hollywoodschaukel nieder und krault mich hinter den Ohren. Ah, wie ich das liebe!

Timo setzt sich neben uns.

»Wo bleiben denn die anderen?«, fragt er Isabel.

»Die kommen noch«, antwortet sie. »Hast du schon die Hausaufgaben gemacht?«

Timo nickt. Dann unterhalten sich die beiden über die Schule – gähn!

Ich gucke Timo und Isabel abwechselnd an. Die zwei würden wirklich ein tolles Paar abgeben. Timo sollte ihr bald einen Heiratsantrag machen, ehe ihm ein anderer Kerl Isabel vor der Nase wegschnappt. Wie wohl ihre Kinder aussehen werden? Hoffentlich so wie Isabel. Sie hat kurze blonde Haare und Sommersprossen und eine lustige Stupsnase.

Und Timo? Na ja, der ist auch nicht gerade hässlich, obwohl mich seine roten Haare immer an einen Fuchs erinnern. Er hat riesige Segelohren und kann sogar mit ihnen wackeln. Und seine grünen Augen leuchten manchmal wie Moos auf einer taufrischen Frühlingswiese. (Hey, hab ich das nicht megaromantisch ausgedrückt? Ich sollte Gedichte schreiben. Oder Werbetexte.)

Timo und Isabel reden immer noch über die Schule. Wie langweilig! Warum unterhalten sie sich nicht über ihre Hochzeit? Zumindest könnten sie sich schon mal küssen. Ich meine, was gibts da lange zu überlegen? Timo ist ein Junge, Isabel ist ein Mädchen und die beiden mögen sich. Wann reden die zwei endlich über Liebe? Wenn sie Rentner sind?

Jetzt reden sie erst mal gar nicht mehr, weil Yussuf soeben aufgetaucht ist. Yussuf ist klein und drahtig und kann stundenlang quasseln ohne einen Krampf in den Lippen zu kriegen.

Er quetscht sich zwischen Timo und Isabel. Dann schnappt er sich meinen Schwanz, hält ihn als Mikro vor seinen Mund und fängt an zu singen. Sehr komisch, Yussuf!

»Lass ihn los, du Spinner!«, schimpft Isabel und nimmt ihm meinen Schwanz aus der Hand. »Das mag er nicht.«

»Ach nee!«, sagt Yussuf. »Und woher willst du das wissen? Kannst du etwa Hundegedanken lesen?«

»Allerdings«, behauptet Isabel.

Na ja, wenn das stimmen würde, dann wäre Isabel schon längst in die Küche gegangen und hätte mir ein Würstchen geholt. Mann, hab ich einen Kohldampf! Kein Wunder: Schließlich bin ich vorhin fünf Minuten lang durch die Stadt gerannt. Wenn ich nicht bald was zu futtern kriege, werde ich noch Yussufs Oberschenkel anknabbern.

Ein paar Minuten später trudelt der lange Sven ein. Als er sein Fahrrad durchs Gartentor schiebt, fängt Yussuf an zu lachen.

»Mann, schmeiß doch endlich diese Schrottkiste

weg!«, ruft er. »Dass du dich mit so 'nem Teil überhaupt auf die Straße traust!«

Sven reagiert nicht darauf. Er stellt das Rad ab, kommt zur Hollywoodschaukel und tätschelt meinen Kopf. Erst dann begrüßt er die anderen und schlenkert dabei mit seinen langen Armen.

»Na? Wie siehts aus«, fragt er. »Habt ihr euch schon einen Namen ausgedacht?«

»Wir müssen noch auf Maruscha warten«, antwortet Isabel. »Die gehört doch auch dazu.«

»Hm«, macht Sven, kratzt sich an seinem langen Hals und lässt sich unter dem Kirschbaum nieder.

»Von mir aus kann Maruscha ruhig zu Hause bleiben«, brummt Timo, der Maruscha nicht besonders gut leiden kann. Wenn sie aus dem Detektivclub aussteigen würde, wäre das Timo ziemlich schnuppe.

Aber warum sollte sie aus einem Club aussteigen, den sie selbst gegründet hat?

Ja, die ganze Sache war Maruschas Idee. Und das kam so: Maruscha ist eine Leseratte und – nein, stopp! Die Geschichte ist so lang und kompliziert, dass sie ein eigenes Kapitel braucht.

Also, Maruscha verschlingt nur so die Geschichten der *Drei Spürnasen.* Und weil sie die so toll findet, hat sie andere *Spürnasen*-Fans gesucht, um mit ihnen einen Detektivclub zu gründen.

Als ihre Kusine Isabel davon hörte, war sie sofort Feuer und Flamme. Und da sie wusste, dass auch ihr Klassenkamerad Timo alle *Spürnasen*-Bücher gelesen hatte, überredete sie ihn zum Mitmachen.

Timo wiederum brachte einen weiteren *Spürnasen*-Fan mit, nämlich Yussuf. Die beiden spielen im selben Fußballverein.

Und Yussuf schleppte Sven an, der geradezu verrückt nach *Spürnasen*-Büchern ist. Svens Mutter arbeitet als Putzfrau bei Yussufs Eltern, daher kennen sich die zwei.

Moment mal, war das schon alles? Hm, dafür hätte ich wohl doch kein Extra-Kapitel anfangen müssen.

Oder soll ich einfach noch ein bisschen was über mich erzählen, damit das Kapitel nicht ganz so kurz ausfällt? Ja, okay, das mach ich.

Ihr wollt gerne wissen, was für ein Hund ich bin? Hm, ehrlich gesagt lässt sich das nicht so leicht beantworten. Mein Vater ist ein Terrier. Und meine Mutter ist – ähem – sie ist kein Terrier, sondern ein – ein – äh ...

So, dieses Kapitel ist jetzt lang genug. Kommen wir endlich zum

Hört denn kein Schwein, wie mein Magen kurrt?

Ich liege immer noch auf Isabels Schoß und lasse mich von ihr kraulen. Wie soll ich ihr bloß begreiflich machen, dass ich dringend was zu mampfen brauche?

Klar, ich könnte natürlich von der Hollywoodschaukel springen und bellen und winseln und jaulen und wie ein Irrer mit dem Schwanz rotieren. Aber dann würde garantiert jemand ein Stöckchen ans andere Ende der Welt schmeißen und von mir erwarten, dass ich das blöde Ding zurückhole. Wenn man nicht klipp und klar sagt, was man von ihnen will, verstehen die Menschen nämlich nur Bahnhof.

Yussuf, der die ganze Zeit von seinem Opa in Marokko erzählt hat, fängt plötzlich an zu gähnen und schaut dann auf die Uhr. »Möchte mal wissen, wieso Maruscha nicht pünktlich sein kann. Sie wohnt doch direkt um die Ecke.«

»Wir können ja schon mal anfangen«, schlägt Timo vor.

»Nichts da!«, sagt Isabel. »Maruscha wäre stinksauer, wenn wir uns ohne sie einen Namen ausdenken würden.«

Das ist übrigens der Grund für das Treffen: Der Detektivclub hat zwar schon fünf Mitglieder, aber noch keinen Namen.

»Wie viele Vorschläge hast du dir denn ausgedacht, Timo?«, will Yussuf von meinem Herrchen wissen.

»Drei. Aber keiner davon ist besonders gut.«

»Wozu brauchen wir überhaupt einen Namen?«, meint Sven. »Hauptsache, wir lösen unsere Fälle.«

In diesem Moment kommt Maruscha durch die Gartentür. Sie hat total verweinte Augen.

»Ist was passiert?«, ruft Yussuf und springt von der Schaukel.

Maruscha nickt. »Cora ist verschwunden.«

Ihr kommen die Tränen. Am liebsten würde ich mitheulen – allerdings vor Freude. Cora ist eine schwarze Katze, eine der übelsten Kratzbürsten, die ich kenne. Von mir aus kann sie ruhig bis in alle Ewigkeiten verschwunden bleiben.

Isabel setzt mich ins Gras und tröstet Maruscha.

»Wir werden Cora schon finden«, sagt sie und streicht über Maruschas braune Locken.

»Na klar!«, meint Yussuf. »Wozu sind wir denn ein Detektivclub? Das ist unser erster Fall, Leute!«

Der lange Sven zückt ein Notizbuch und einen Kuli. »Seit wann wird Cora denn vermisst?«

»Seit heute Morgen«, antwortet Maruscha und zieht die Nase hoch. »Sie ist durchs Küchenfenster abgehauen.«

»Ist das ihr erster Fluchtversuch?«, fragt Sven.

»Ja. Sie war noch nie draußen. Cora ist doch eine Hauskatze.« Maruscha wischt sich die Tränen von den Backen. »Ob sie überfahren worden ist?«

»Quatsch!«, brummt Yussuf. »Dafür ist sie viel zu flink.«

Hat der 'ne Ahnung! Gegen den Wahnsinnsverkehr hier in der Stadt haben Katzen doch keine Chance.

Arme Cora, hehehe!

Sven fragt Maruscha Löcher in den Bauch und schreibt die Antworten sorgfältig in sein Notizbuch.

»Was soll denn dieses endlose Gequatsche, Langer?«, mischt sich Yussuf schließlich ein. »Wir müssen uns auf die Suche nach Cora machen, und zwar sofort.«

»Erst brauchen wir alle Fakten«, erklärt Sven. »Und danach überlegen wir, mit welcher Strategie ...«

»Strategie!«, wiederholt Yussuf mit einem spöttischen Grinsen. »Diesen Blödsinn kannst du vergessen. Wir haben doch *den* da!«

Yussuf zeigt auf mich.

Mein Herrchen runzelt die Stirn. »Oswald soll Cora finden?«

»Na klar!«, sagt Yussuf. »Isabel behauptet doch immer, er sei so wahnsinnig intelligent. Dann soll er uns jetzt mal beweisen, dass er mehr kann als pinkeln und fressen.« Er wendet sich an Maruscha und fragt: »Hast du irgendwas dabei, was nach Cora riecht?«

Sie schüttelt den Kopf.

»Wirklich nicht?«

Maruscha überlegt. Dann fällt ihr was ein.

»Cora hat gestern auf meine Sandalen gepinkelt.«

»Na also!«, ruft Yussuf. Er bückt sich zu mir, zeigt auf Maruschas Sandalen und sagt: »Riech, Oswald! Riech!«

Ist der bekloppt? Ohne Gasmaske rieche ich doch nicht an Katzenpisse! Da käme mir ja das Essen hoch – wenn ich welches im Magen hätte.

»Was ist denn mit Oswald los?«, fragt Yussuf mein Herrchen. »Wieso schnuppert er nicht an den Sandalen?«

Schnupper doch selbst, wenn es dir so viel Spaß macht!

Da steht Timo auf und sagt zu mir: »Wenn du ihre Katze findest, spendiert dir Maruscha bestimmt zwei Cheeseburger. Stimmts?«

Maruscha nickt.

Mit einem Satz springe ich auf ihre linke Sandale und hole tief Luft. Oh mein Gott! Der Gestank ist einfach bestialisch. Aber für zwei Cheeseburger würde ich sogar an einer vollen Babywindel riechen.

»Wo ist Cora hin?«, fragt mich Maruscha.

Kann ich hellsehen, ihr Spinner?

Ich überlege ein paar Sekunden und dann trotte ich erst mal zum Gartentor.

Und der ganze Detektivclub trabt hinter mir her.

Zugegeben, ich hab natürlich keinen blassen Schimmer, wo Cora stecken könnte. An ihren ekelhaften Gestank kann ich mich schon längst nicht mehr erinnern. Schließlich bin ich kein Polizeihund, sondern nur eine kleine Promenadenmi... – äh – ich meine, ich bin kein ausgebildeter Spürhund.

Trotzdem presse ich pausenlos die Nase auf den Boden und tue so, als hätte ich Coras Fährte aufgenommen. Das sieht viel besser aus, als wenn ich ziellos durch die Gegend irren würde.

»Guckt euch Oswald an!«, höre ich Isabel rufen. »In null Komma nix hat er Cora gefunden, wetten?«

»Abwarten«, murmelt Timo.

Alle paar Meter begegnet mir einer meiner Hundekollegen. Zum Glück ahnt keiner von ihnen, dass ich eine Katze suche. *Eine Katze!* Jaja, ich weiß, es gibt tatsächlich Leute, die Katzen mögen. Es sind ja auch sehr nützliche Tiere. Man kann ihnen zum Beispiel das Fell über die Ohren ziehen und prima Rheumadecken daraus basteln. Aber ansonsten sind diese Krallenmonster nur auf der Welt um uns Hunde zu ärgern.

Kurz darauf sind wir im Ostpark.

»Hä? Was will Oswald denn hier?«, fragt Isabel.

Das frag ich mich auch.

»Hier gibts doch jede Menge Vögel«, sagt Timo. »Vielleicht ist Cora nur abgehauen, weil sie gerne ein paar Piepmätzen den Hals umdrehen will.«

»Idiot!«, sagt Maruscha.

Timo stöhnt auf. »Meine Güte, Katzen sind nun mal Raubtiere. Cora findet es bestimmt nicht besonders lustig, immer nur Jagd auf Whiskas-Dosen zu machen.«

»Idiot!«, wiederholt Maruscha.

»Hört doch auf mit der Streiterei«, mischt sich Isabel ein. »Oswald muss sich auf die Fährte konzentrieren.«

Wie bitte? Das einzige, worauf ich mich konzentriere, sind die Cheeseburger. Aber ehe ich die kriege, muss ich erst mal diese Kratzbürste aufstöbern. Wo steckst du, Cora? Ich hab keine Lust halb Düsseldorf nach dir abzusuchen.

Auf einmal entdecke ich in etwa zwanzig Metern Entfernung einen Wahnsinns-Baumstamm. Wow, ist der dick, Mann! An so einen Stamm hab ich noch nie gepinkelt.

Ich schalte drei Gänge höher und spurte in Richtung Baum.

»Er hat sie entdeckt!«, schreit Isabel. »Los, hinterher!«

Als ich den Stamm erreiche, bin ich total außer Puste. Mit letzter Kraft hebe ich das rechte Bein und lasse das Bächlein laufen – und höre plötzlich direkt über mir ein klägliches Miauen.

»Da ist Cora!«, ruft eine überglückliche Maruscha.

Yussuf tätschelt meinen Kopf. »Gut gemacht, Oswald! Du bist ja doch nicht ganz so blöd, wie ich dachte.«

Tolles Kompliment – grrrr!

Maruscha und die anderen wollen die Katze dazu bringen, vom Baum zu springen, aber anscheinend traut sie sich nicht. Kurz entschlossen klettert Yussuf zu ihr hinauf und pflückt sie vom Ast. Als er unten ankommt, gibt ihm Maruscha einen dicken Kuss. Yussuf grinst über beide Backen.

Und wer wird danach knallrot? Timo! Na, wenn das nichts zu bedeuten hat ...

»Jetzt kriegt Oswald seine Cheeseburger!«, verkündet Sven.

»Klaro!«, sagt Maruscha, während sie Cora an sich drückt. »Und außerdem wird Oswald vom Detektivclub zum Oberschnüffler ernannt. Einverstanden?«

Niemand hat was dagegen.

Oberschnüffler Oswald – hm, klingt nicht übel, oder? Nur schade, dass man von so einem Titel kein bisschen satt wird. Also her mit den Cheeseburgern!

Schluss mit den Cheeseburgern!

Ich will keinen Elefanten mehr sehen, wenn ich in den Spiegel gucke, sondern einen durchtrainierten Spürhund.

Ja, seit ich vor einer Woche zum Oberschnüffler ernannt worden bin, hat sich bei mir einiges geändert. Jeden Morgen, noch ehe Timo aufgestanden ist, jogge ich ein paar Runden durch den Garten.

Gefressen wird nur noch halb so viel wie früher. Und auf Süßigkeiten verzichte ich völlig (na ja, außer auf *die* Süßigkeiten, denen ich beim besten Willen nicht widerstehen kann). Jedenfalls komme ich immer besser in Form. Und ich werde topfit sein, wenn mich der Detektivclub braucht um den nächsten Fall zu lösen.

Tja, Leute, ich hab Blut geleckt. Oberschnüffler Oswald kann es kaum abwarten, wieder zum Einsatz zu kommen. Das Detektivspielen mit Timo und seinen Freunden hat mir riesigen Spaß gemacht.

Die Frage ist nur, ob es Timos Club überhaupt noch gibt. Seit der Suche nach Cora vor einer Woche hat sich mein Herrchen nicht mehr mit den anderen Detektiven getroffen (abgesehen natürlich von Isabel, die ja in seiner Klasse ist).

Dieser verdammte Computer!

Ich kann sein Gepiepse und Gepupse echt nicht mehr hören. Die schönsten Sommernachmittage vertrödelt Timo damit, vor dem dämlichen Kasten zu hocken und auf irgendwelchen Knöpfen rumzudrücken.

Gesellschaft leistet meinem Herrchen dabei sein neuer Freund Axel, der seit zwei Monaten in dem Haus schräg gegenüber wohnt. Irgendwie ist mir dieser Kerl nicht ganz geheuer. Obwohl Axel dauernd blöde Witze über mich macht, spüre ich genau, dass er einen Riesenbammel vor mir hat. Bis jetzt hat er sich noch nie getraut mich zu streicheln. Wenn ich eins nicht ausstehen kann, dann sind das Angsthasen mit großer Klappe.

Auch heute ist Axel wieder da und hängt mit Timo vor der Computerglotze. Draußen scheint die Sonne, aber die beiden verplempern ihre Zeit mit einem saudummen Spiel:

Ein Roboter jagt eine Büffelherde einen Berg hinauf. Oben auf dem Gipfel schmeißt der Roboter einen Büffel nach dem anderen in eine tiefe Schlucht hinunter. Wer auf allen Vieren unten ankommt, darf weiterrennen und wird kurz darauf vom Roboter mit einer Laserpistole gejagt. Die Büffel jedoch, die nach dem Sturz auf dem Rücken landen, brüllen auf und verschwinden dann vom Bildschirm.

Mitten im Spiel guckt mich Axel plötzlich an und grinst. Dann stößt er Timo in die Seite.

»Was ist?«, fragt Timo.

»Wie wärs, wenn wir Oswald mal aus dem Fenster schmeißen würden?«

Eine Wahnsinnsidee! Vor Begeisterung würde ich Axel am liebsten an die Gurgel springen.

Timo schüttelt den Kopf. »Wozu soll das gut sein?«

»Ich will nur wissen, ob er auch so brüllt wie die Büffel, wenn sie in die Schlucht runtersegeln«, erklärt Axel.

»Du spinnst! Los, spielen wir weiter.«

In diesem Moment klingelt es an der Haustür. Timo geht öffnen. Ich bleibe allein mit Axel, der mich grimmig anguckt.

»Komm mir bloß nicht zu nah!«, knurrt er. »Ich bin schon mal von ’nem Hund gebissen worden.«

Aha, also *darum* kann er mich nicht leiden.

Auf Axels Gesicht erscheint ein fieses Grinsen. Er

zischt: »Wetten, dass ich Timo noch dazu kriege, dich aus dem Fenster zu schmeißen?«

Da packt mich die Wut. Ich stürze mich auf Axels rechten Turnschuh und zerfetze den Schnürsenkel. Der Spinner schreit, als würden ihn drei Tiger in Stücke reißen.

»Was ist denn hier los?«, höre ich mein Herrchen rufen, der zusammen mit Sven ins Zimmer gekommen ist. Sicherheitshalber verkrümele ich mich unter den Schreibtisch.

Nanu, was treibt Axel denn da? Er umklammert seinen käseweißen linken Oberschenkel und jammert: »Dein Scheißköter hat mich gebissen!«

Hä?

»Oswald beißt nicht«, widerspricht Sven sofort und bückt sich zu mir herunter um mich zu streicheln.

»Der hat mich gebissen, du Idiot!«, behauptet Axel wieder. »Hier, guckt euch das an!«

Er lässt den Oberschenkel los und präsentiert einen knallroten Fleck. Mann, muss der sich gekniffen haben!

»Bist du verrückt geworden, Oswald?«, herrscht mich Timo wütend an. »Was fällt dir ein Axel anzugreifen?«

Mein Herrchen hat sie wohl nicht mehr alle! Erkennt er denn nicht, dass dieser Fleck unmöglich von meinen Zähnen stammen kann? Wenn ich Axel wirklich gebissen hätte, könnte man jetzt seinen Oberschenkelknochen besichtigen.

Sven schüttelt den Kopf und wiederholt: »Oswald beißt nicht.«

»Ach nee!«, faucht Axel. »Und woher kommt die Wunde an meinem Bein, du Spinner?«

»Was für 'ne Wunde?«, erwidert Sven gelassen. »Ich seh nur einen roten Fleck.«

Axel durchbohrt Sven mit einem giftigen Blick. Dann wendet er sich an Timo und fragt: »Wer ist das überhaupt?«

»Das ist Sven«, erklärt Timo. »Wir sind zusammen im – äh ...« Timo zögert und kratzt sich verlegen am Kinn.

»Im Detektivclub«, sagt Sven.

Axel reißt die Augen auf. »Im was?« Er fängt lauthals an zu lachen und kriegt sich nicht mehr ein.

»Detektivclub!«, ruft er höhnisch aus. »Mit so einem Kinderkram gibst du dich ab, Timo?«

»Na ja, eigentlich ist es gar kein richtiger Club«, weicht Timo aus. »Und irgendwie gehöre ich auch gar nicht dazu.«

»Dann brauche ich dich ja auch nicht zu fragen, ob du morgen zu Maruscha kommst«, sagt Sven. »Da wollen wir uns nämlich treffen um endlich einen Clubnamen zu finden.«

»Einen Clubnamen!« Axel tippt sich an die Stirn. »Mensch, Timo, wie alt bist du eigentlich?«

Mein Herrchen setzt sich an den Computer und spielt diesen Quatsch mit den brüllenden Büffeln weiter. Nachdem Axel ein blödes Grinsen in Svens Richtung geworfen hat, wendet er sich auch wieder dem Spiel zu.

Und Sven? Der Lulatsch steht reichlich verloren im Zimmer rum und macht ein langes Gesicht. Das passt eigentlich ganz gut zu seinem übrigen Körper, an dem alles ein bisschen zu lang geraten ist: Beine, Arme, Füße, Hals. Wenn er in dem Tempo weiterwächst, kann er in zehn Jahren als Eiffelturmputzer arbeiten – ohne Leiter!

Schließlich wird Sven die ganze Situation zu blöd und er fragt Timo: »Du kommst morgen also nicht zu Maruscha?«

»Sonst noch was?«, brummt Timo und glotzt dabei weiter auf den Bildschirm.

»Blödmann!«, murmelt Sven, marschiert mit Riesenschritten aus dem Zimmer und knallt die Tür hinter sich zu.

Nach einer Weile meint Axel: »Und ich dachte schon, an der Sache mit diesem beknackten Detektivclub wäre echt was dran.«

Timo verzieht keine Miene und sagt kein Wort. Ganz schön mies!

Ich verkrieche mich unters Bett und schlage die Pfoten überm Kopf zusammen.

Soll ich euch mal was verraten, Leute? An manchen Tagen könnte ich meinem Herrchen stundenlang ans Bein pinkeln.

Zum Beispiel an so einem Tag wie heute ...

Zum Abendessen gibts böse Blicke. Timo sitzt zusammen mit seinen – Moment mal! Hab ich überhaupt schon ein paar Worte über Timos Herrchen und Frauchen – also seine Eltern – verloren?

Timos Vater ist klein und dünn und Steuerberater. Er hat dichtes braunes Fell, allerdings nicht auf dem Kopf, sondern am Kinn. Jeden Abend geht er mit mir Gassi und bleibt dabei immer schön an der Leine.

Herrchens Frauchen, also Timos Mutter, ist klein und nicht ganz so dünn und Steuerberaterin. (Und dreimal dürft ihr raten, auf welches Thema die Gespräche zwischen Timos Eltern meistens zusteuern ...) Timos Mutter hat einen Vogel, einen furchtbar verwöhnten Wellensittich namens Ronny, mit dem sie sich öfter unterhält als mit mir. Leider traut sich Ronny nicht aus seinem Käfig, wenn ich in der Nähe bin. Sonst hätte ich schon längst rausgefunden, ob Wellensittiche genauso gut schmecken wie Geflügelfrikassee-Häppchen.

Schon gleich zu Beginn des Abendessens hat Timo seinen Eltern eine dicke Lüge aufgetischt: »Oswald hat Axel gebissen!«

Und seine Eltern haben ihm natürlich geglaubt. Seitdem werde ich mit bösen Blicken bombardiert. Und ich bekomme kein einziges Stückchen von dem leckeren Gulasch, dessen wundervoller Duft mich halb wahnsinnig macht.

Schweinerei!

Irgendwann kann ichs im Esszimmer einfach nicht mehr aushalten und schleiche mich mit leerem Magen aus dem Haus. Mann, bin ich wütend! Wieso werde ich eigentlich für etwas bestraft, was ich gar nicht getan habe? Nicht zu fassen, wie wenig Vertrauen Timo und seine Eltern zu mir haben ...

Ich lege mich unter den Apfelbaum im Vorgarten und ärgere mich darüber, dass ich Axel nicht *wirklich* gebissen habe. So ein gemeiner Lügner! Er ist schuld daran, dass ich heute Abend statt Gulasch kleine Insekten futtern muss, die sich zufällig in mein Maul verirren. Noch 8659 von den Dingern und dann bin ich vielleicht halbwegs satt.

Eine Weile später kommt Timo aus dem Haus.

»Willst du noch weg?«, höre ich seine Mutter rufen.

»Ich fahr 'ne Runde Fahrrad«, antwortet Timo und schmeißt die Türe hinter sich zu.

Auf dem Weg zur Garage würdigt er mich keines Blickes. Seit dem angeblichen Biss hat er nicht mehr mit mir gesprochen. Ich allerdings auch nicht mit ihm.

Timo verschwindet in der Garage.

»Was ist denn das für ’ne Kacke?«, schreit er plötzlich und schiebt sein Fahrrad heraus. »So ’ne Sauerei! Jemand hat meinen Sattel geklaut.«

Mit einem Satz bin ich auf den Beinen. Diebstahl? Wow – ein Fall für Oberschnüffler Oswald!

Ich laufe zum Fahrrad und beschnuppere es von vorne bis hinten. Währenddessen tauchen Timos Eltern auf.

»Sollen wir die Polizei anrufen?«, fragt Timo.

»Wegen eines Sattels?« Sein Vater schüttelt den Kopf. »Kauf dir morgen einen neuen.«

»Dieser Sattel war sowieso viel zu hart«, meint Timos Mutter.

Die Eltern gehen zurück ins Haus. Wahnsinn, wie die auf einen Diebstahl reagieren! Die haben sich ja kein bisschen aufgeregt.

Und Timo? So ein verschwundener Sattel wäre doch genau das Richtige für unseren Detektivclub. Eigentlich müsste er sofort zum Telefon rennen und alle Spürnasen zusammentrommeln. Aber was macht Timo stattdessen? Seelenruhig schiebt er das Rad in die Garage, nimmt seine Skates vom Regal und zieht sie an.

Und was ist mit dem Satteldieb? Soll der etwa ungeschoren davonkommen?

Ich gehe zum Fahrrad, rieche noch mal dran und fange an zu bellen. Das machen die Superhunde im Fernsehen auch immer so. Und dann rennen diese Wunderköter los und schnappen den Dieb.

»Halt die Klappe!«, knurrt Timo, aber ich belle weiter.

»Du sollst still sein!«, ruft mein Herrchen wütend und wirft einen Turnschuh in meine Richtung. Das Ding trifft mich am Kopf.

Jetzt reichts!

Ich nehme alle vier Pfoten in die Hand, wetze aus der Garage und renne die Straße entlang.

»Bleib stehen, du Spinner!«, schreit Timo hinter mir her. »Wo willst du denn hin?«

Keine Ahnung. Aber ich renne trotzdem immer weiter, bis mir die Puste ausgeht und ich eine kleine Pause einlegen muss.

In diesem Augenblick hält eine Straßenbahn neben mir. Als die Türen aufgehen, springe ich kurz entschlossen rein.

»Oswald! Oswald!«

Das ist doch die Stimme meines Herrchens. Ich klettere schnell auf einen freien Sitz und gucke aus dem Fenster. Mit knallroter Rübe kommt Timo auf seinen Inlineskates angerast, doch ehe er die Bahn erreicht, fährt sie schon wieder los.

»Oswald!«, brüllt Timo. »Komm sofort da raus!«

Wie denn? Soll ich vielleicht in die Notbremse beißen?

Ich hebe eine Pfote und kratze am Fenster. Mein Herrchen winkt mit geballter Faust zurück.

Die Straßenbahn ist ziemlich leer. Ich mache mich gemütlich auf dem Sitz breit und denke zum ersten Mal darüber nach, wieso ich überhaupt abgehauen bin.

Na ja, eigentlich hab ich vor den Satteldieb zu fangen. Und außerdem will ich mein Herrchen ärgern, weil der heute total fies zu mir war. Soll er doch die ganze Stadt nach mir absuchen und sich dabei die Augen aus dem Kopf heulen! Wenn ich in ein paar Stunden zurückkomme, wird er dann hoffentlich wieder netter zu mir sein.

Fragt sich bloß, wie ich den Satteldieb schnappen soll. Wenn ich wenigstens eine kleine Spur hätte, zum Beispiel seinen Namen oder seine Adresse oder ...

Plötzlich ertönt ein paar Meter hinter mir eine tiefe Stimme: »Darf ich mal Ihren Fahrausweis sehen?«

Ein Kontrolleur!

Ich springe vom Sitz und verstecke mich unter der Bank. Der Mann kommt näher. Ich schnuppere – und breche fast ohnmächtig zusammen: Der Kontrolleur hat die grauenvollsten Schweißfüße, die mir je unter die Nase gekommen sind! Ich halte die Luft an, bis der Stinker außer Riechweite ist. Dann atme ich ganz tief durch.

Hey, was duftet denn da so süß? Das muss Erdbeereis sein. Ich schaue mich um. Tatsächlich: Mitten auf dem Gang liegt eine Waffel in einer Erdbeereispfütze. Und was entdecke ich da neben der Waffel? Sahne – lechz!

Ich krieg fast einen Krampf im Schwanz, weil der vor Freude im Supertempo rotiert.

Ich sause zu den Leckereien und bade meine Schnauze in der Sahne. In null Komma nix hab ich sie aufgeschleckt. Zum Nachtisch will ich in die Waffel beißen, als sich direkt hinter mir eine bekannte Stimme meldet.

»Wem gehört denn dieser vierbeinige Fahrgast?«, ruft der Kontrolleur durch die ganze Bahn.

Ich drehe mich um und prompt wird meine Nase wieder mit diesem umwerfenden Schweißgeruch gefoltert. Wie der Kerl wohl aussieht, der zu diesen Stinkfüßen gehört?

Ich hebe den Kopf. Und was passiert? Der Kontrolleur reißt total entsetzt die Augen auf und springt auf einen Sitz. Dann schreit er wie ein Wahnsinniger: »Vorsicht! Der Dackel hat die Tollwut!«

Im Nu klettern auch die anderen zehn Fahrgäste auf die Sitze. Soll das hier ’ne Stehparty werden oder was?

Alle starren mich so ängstlich an, als hätte ich zwei geladene Maschinengewehre in den Pfoten. Was soll der Quatsch?

Ich gucke mich suchend nach allen Seiten um, entdecke aber nirgends den tollwütigen Dackel, von dem der Kontrolleur gefaselt hat. Oder hat dieser Spinner etwa die Sahne an meinem Maul für Schaum gehalten? Und mich für einen – einen – *einen Dackel?!?*

Mit wütendem Gebell stürze ich mich auf den Kontrolleur und verbeiße mich in seine Jeans.

»Hilfe! Der Köter bringt mich um!«, schreit der Mann.

Mein Geknurre klingt so gefährlich, dass ich fast vor mir selbst Angst bekomme.

»Ruft die Polizei! Ruft die Polizei!«, brüllt der Schreihals immer wieder.

Am liebsten würde ich den Kontrolleur und seine Jeans in tausend Fetzen zerreißen. Aber leider hat der Kerl eine furchtbare Waffe, die er gnadenlos gegen mich einsetzt: seine Schweißfüße. Igitt! Gegen diesen Mief hätte selbst ein Kampfhund keine Chance.

In diesem Augenblick hält die Bahn. Als die Türen aufgehen, springe ich schnell auf die Straße und renne ins nächste Gebüsch.

»Türen zu! Vielleicht kommt die Bestie wieder zurück!«, höre ich den Kontrolleur schreien.

Bestie ... hm, klingt nicht übel. Jedenfalls tausendmal besser als – äh – als dieses hässliche Schimpfwort, das mit D anfängt.

Die Bahn verschwindet um die nächste Kurve. Ob der Fahrer wirklich die Polizei gerufen hat? Wenn ja, dann werde ich gleich mit einem großen Schmetterlingsnetz gejagt. Oder mit Betäubungsgewehren. Ehrlich gesagt habe ich keine große Lust gleich so eine Spritze in den Hintern gefeuert zu kriegen, die mich ins Reich der Träume befördert. Also sollte ich so schnell wie möglich ...

Was ist denn das für ein Krach? Oh Gott – eine Sirene! Und da rast auch schon ein Polizeiwagen um die Ecke und hält mit quietschenden Bremsen direkt an der Haltestelle.

Na dann gute Nacht, Oswald.

Wach auf, Oswald, das muss ein Alptraum sein!

Oder stehen da wirklich zehn Meter von mir entfernt zwei Polizisten mit Pistolen in der Hand? Wollen die mich erschießen, weil ich vorhin ein bisschen Sahne gefuttert habe?

Ach du Schande: die Sahne!

Ich reibe schnell mein Maul an einem Grasbüschel sauber. Und dann setze ich mein Hirn in Gang. Ich brauche schleunigst eine Idee, sonst werde ich den Rest meines Lebens in einem kleinen Sarg auf dem Hundefriedhof verbringen – falls man das dann noch Leben nennen kann.

Wo bin ich überhaupt? Die Gegend kommt mir bekannt vor. Ja, genau, ich bin im Ostpark, wo ich vor einer Woche Maruschas Katze Cora aufgespürt habe. Maruscha wohnt hier ganz in der Nähe. Das weiß ich, weil das allererste Treffen des Detektivclubs in ihrer Bude stattgefunden hat. Wenn ich zufällig ein Handy dabeihätte und reden könnte, würde ich Maruscha sofort anrufen und um Hilfe bitten.

Die Polizisten kommen immer näher. Ihre Pistolen sind leider nicht so groß, dass man sie mit Betäubungsspritzen laden könnte. Das Herz pocht mir bis zum Halsband. Was soll ich nur tun? Den Turbo einschalten und davonflitzen? Blödsinn! Die Kugeln würden mich garantiert einholen.

»Was sollen wir machen, wenn wir den Hund finden?«, fragt der große Polizist den kleinen.

»Erschießen, was sonst?«, antwortet sein Kollege. »Er hat doch die Tollwut. Weißt du nicht, wie gefährlich das ist?«

Ich halte die Luft an. Die beiden sind nur noch zwei Meter von mir entfernt. Von mir aus könnten sie ihre Pistolen ruhig wieder einstecken. Ich hätte zwar gerne was im Bauch, aber keine Kugeln.

»Diese verdammten Mücken!«, schimpft der große Polizist. »Die zerstechen mir den ganzen Arm.«

»Lass mal sehen«, sagt sein Kollege, worauf der Große ihm seinen rechten Arm unter die Nase hält.

In diesem Augenblick entdecke ich eine alte Frau, die auf einer Bank an der Haltestelle sitzt – und prompt kommt mir *die* Idee!

Während die Polizisten die Mückenstiche begutachten, schlüpfe ich blitzschnell aus dem Gebüsch, laufe zu der alten Dame und lasse mich direkt neben ihren rosa Lackschuhen auf meinen Hinterpfoten nieder. Mein neues Frauchen hat gar nichts davon mitgekriegt, dass sie Hundebesitzerin geworden ist. Und das ist auch ganz gut so.

Die Polizisten durchstöbern das Gebüsch, in dem ich mich noch vor wenigen Sekunden versteckt habe. Danach suchen sie noch ein Weilchen hier und da nach mir herum. Schließlich packen sie die Pistolen wieder ein und kehren zu ihrem Wagen zurück.

Doch ehe sie dort ankommen, wirft der kleine Polizist einen Blick in meine Richtung.

»Sie sollten Ihren Hund lieber anleinen«, ruft er der alten Dame zu. »Hier läuft ein tollwütiger Dackel rum.«

»Ich habe keinen Hund, junger Mann«, ruft die Frau zurück.

Die beiden Polizisten gucken sich an – und kommen dann zum Wartehäuschen. Oh Mann, jetzt heißts Nerven bewahren!

»Ist das denn nicht Ihr Hund?«, fragt der große Polizist die alte Dame und zeigt auf mich.

Erst jetzt werde ich von der Frau entdeckt.

»Ich hab keine Ahnung, wem er gehört«, erklärt sie lächelnd. »Mir jedenfalls nicht.«

Ich sitze so unbeweglich da, als wäre ich ein Porzellanhund.

Die beiden Polizisten durchbohren mich mit misstrauischen Blicken. Der Kleine nimmt die Mütze ab und kratzt sich am Hinterkopf. »Wie ein Dackel sieht er eigentlich nicht aus«, meint er.

Sein Kollege nickt. »Und er hat auch keinen Schaum vorm Maul.«

»Stimmt«, bestätigt der Kleine. »Aber hast du schon mal einen Gangster geschnappt, der genau so ausgesehen hat wie auf dem Fahndungsplakat?«

»Hm«, macht der Große nachdenklich. »Ein tollwütiger Hund ist allerdings kein Gangster, oder?«

»Irgendwie schon«, behauptet sein Kollege.

Die alte Dame steht auf, weil ihre Bahn näher kommt. Sie geht zum Straßenrand und ich weiche ihr dabei nicht von der Seite. Die Polizisten allerdings auch nicht.

»Und das ist wirklich nicht Ihr Hund?«, fragt der Kleine.

»Nein«, antwortet die Frau. »Vielleicht ist er ausgesetzt worden.«

»Dann sollten wir ihn mitnehmen und ins Tierheim bringen«, sagt der große Polizist.

Die Straßenbahn hält. Während die alte Dame einsteigt, geht der kleine Polizist vor mir in die Knie und streckt die Arme nach mir aus. Und was macht der Große? Er holt seine Knarre raus und meint: »Pass bloß auf! Kann ja sein, dass das doch der Köter mit der Tollwut ist. Wenn er eine falsche Bewegung macht …«

»Hey, was machen Sie da mit meinem Hund?«

Timo!

Mit den Skates an den Füßen springt er aus der Bahn und hebt mich hoch. Mein Schwanz verwandelt sich vor Freude in einen Ventilator. Ich schlecke meinem Herrchen das Gesicht ab.

»Ist das dein Hund?«, will der große Polizist von ihm wissen.

»Das sehen Sie ja wohl, oder?«, antwortet Timo. »Er heißt Oswald. Hat er irgendwas ausgefressen?«

Ja, Sahne!

Timo setzt mich auf die Erde, weil er eine Menge Fragen beantworten muss. Komisch, dass die Polizei nichts Besseres zu tun hat. Während die zwei Beamten mit Timo rumquatschen, wird vielleicht irgendwo in Düsseldorf der nächste Sattel geklaut.

Ach ja: der Satteldieb! Bin ich denn nicht von zu Hause abgehauen um ihn zu fangen?

Und ohne zu zögern macht sich Oberschnüffler Oswald wieder auf Verbrecherjagd – indem er einfach drauflosrennt.

»Nicht schon wieder, Oswald!«, schreit Timo verzweifelt hinter mir her. »Bleib stehen, du Blödmann!«

Zugegeben: Was ich da treibe, ist total sinnlos.

Ich hab keinen blassen Schimmer, wer und wo der Satteldieb ist, den ich fangen will. Trotzdem wetze ich so aufgeregt durch die Gegend, als sei ich ihm dicht auf den Fersen. Und warum? Weil das die Superspürhunde in den Krimis auch immer so machen.

Tja, zu viel Fernsehen kann also auch einen Hund um den Verstand bringen.

Timo flitzt auf seinen Skates hinter mir her. Mittlerweile haben wir schon mehrere Runden durch den Ostpark gedreht und so langsam geht mir die Puste aus. Kann mir denn nicht zufällig ein Mann mit einem Sattel unterm Arm über den Weg laufen? Ich *muss* den Dieb fangen, Leute! Für Timo ist der Detektivclub zwar gestorben, aber für mich als Oberschnüffler …

Hey, Moment mal – der Detektivclub! Maruscha wohnt doch hier ganz in der Nähe. Wenn sie von dem geklauten Sattel hört, kriegt sie bestimmt ganz große Ohren.

Ich verlasse den Park und renne die Straße entlang. Sicherheitshalber werfe ich einen kurzen Blick zurück. Timo darf mich nicht aus den Augen verlieren. Aha, da kommt er angesaust. Mit diesen verdammten Skates ist er mir übrigens schon mal aus Versehen über den Schwanz gefahren. Seitdem kann ich mir ungefähr vorstellen, wie man sich fühlt, wenn man kupiert wird (nein, kein Druckfehler!).

An der nächsten Kreuzung biege ich links ein. Maruscha wohnt am Ende dieser Straße. Aber ich könnte mich natürlich irren. Irren ist nämlich nicht nur menschlich, sondern auch tierisch.

Aber nur wenige Meter weiter stehe ich tatsächlich vor Maruschas Haus. Höchste Zeit! Ich bin nämlich schon total geschafft. Mit letzter Kraft springe ich hoch und drücke auf eine der vier Klingeln.

»Ja bitte?«, meldet sich eine tiefe Männerstimme in der Sprechanlage.

Ich bin so außer Puste, dass ich weder bellen noch jaulen kann. Mein Gekeuche hört sich echt grausam an.

»Bist du es, Susanne?«, fragt der Mann.

Ich keuche weiter – und prompt drückt der Mann auf den Summer. Diese Susanne muss an fiesem Asthma leiden, sonst hätte mich der Mann bestimmt nicht mit ihr verwechselt.

Nachdem ich die gläserne Tür mit meinem ganzen Gewicht aufgestemmt habe, schlüpfe ich ins Haus. Puh, ganz schön knapp! Denn kaum ist die Tür wieder ins Schloss gefallen, da taucht mein Herrchen auf.

Er ballert mit der rechten Faust gegen die Tür und ruft wütend: »Komm sofort raus, Oswald! Hast du gehört?«

Nö. Ich höre nie was, wenn ich nichts hören will.

Ich schleppe mich die Stufen hinauf in den zweiten Stock, in dem Maruscha wohnt. Wenn Timo mich einfangen will, muss er klingeln und reinkommen.

Und genau das tut er auch. Aber komischerweise klingelt er nicht bei Maruscha, sondern bei jemandem in der ersten Etage. Was soll das?

Ich rase hoch vor Maruschas Tür und fange an zu bellen. Mit den Skates an den Füßen kann Timo nicht so schnell Treppen steigen.

»Halt die Klappe!«, zischt er von unten, worauf ich noch etwas lauter belle.

Timo kommt näher und näher. Warum reagiert denn niemand auf meinen Krach?

Als Timo nur noch drei Stufen von mir entfernt ist, öffnet Maruschas Mutter endlich die Wohnungstür. Sie wirft mir einen wütenden Blick zu, aber als sie Timo entdeckt, fängt sie plötzlich an zu lächeln.

»Bist du nicht Tommi?«, fragt sie ihn.

»Timo«, sagt mein Herrchen und nimmt mich blitzschnell auf den Arm. »Ich bin sofort wieder weg.«

Er will tatsächlich abhauen, doch da ruft die Frau: »Maruscha! Du hast Besuch.«

Timo läuft knallrot an – genau wie vor einer Woche im Ostpark, nachdem Maruscha Yussuf geküsst hatte. Mein Herrchen ist doch wohl nicht verliebt, oder?

Als Maruscha in der Wohnungstür erscheint, macht sie ein überraschtes Gesicht.

»Was willst du denn hier?«, fragt sie Timo.

Mein Herrchen zuckt mit den Schultern und wird plötzlich ganz blass. Mann, der könnte ja glatt im Zoo arbeiten – als Chamäleon!

»Willst du reinkommen?«, fragt Maruscha.

Timo schüttelt den Kopf.

Maruscha runzelt die Stirn. »Ist irgendwas passiert?«

Timo schüttelt wieder den Kopf. Was ist los mit ihm? Hat er etwa seine Zunge verschluckt?

Die beiden stehen sich eine Weile gegenüber ohne ein Wort zu wechseln. Maruschas Mutter ist inzwischen wieder in der Wohnung verschwunden.

Nach einer halben Ewigkeit wird Timo das Schweigen anscheinend zu peinlich. Und weil er wohl nicht so recht weiß, was er sagen soll, erzählt er Maruscha, dass jemand seinen Sattel geklaut habe.

»Echt?« Maruscha reißt die Augen auf. Aber dann stößt sie einen Seufzer aus und fragt in gelangweiltem Ton: »Und was hab *ich* damit zu tun? Sven hat mir heute Nachmittag gesagt, dass du aus unserem Detektivclub ausgestiegen bist.«

»Hä? Wie kommt der denn auf so einen Quatsch?«, entgegnet Timo und wird wieder rot. So ein Lügner!

Maruscha guckt auf die Uhr. »Jetzt ist es zu spät, um die anderen zusammenzutrommeln. Aber morgen müssen wir uns unbedingt treffen und überlegen, wie wir diesen Satteldieb schnappen können. Bist du wirklich noch im Club?«

»Natürlich«, antwortet Timo. »Und Oswald auch.«

Maruscha lächelt mich an und krault mich hinter den Ohren. Timo guckt mich ganz eifersüchtig an und setzt mich höchst unsanft auf dem Boden ab. Na, wenn der nicht verliebt ist, fresse ich ab morgen nur noch Vogelfutter.

»Wir müssen langsam abhauen«, sagt Timo und wackelt dabei auf den Skates rum. »Es wird ja schon dunkel.«

»Ich bring dich mit dem Fahrrad nach Hause, okay?«, schlägt Maruscha vor. »Du kannst dich an den Gepäckträger hängen. Und Oswald stecke ich in meinen Rucksack.«

»Gute Idee!«

Finde ich auch. Schließlich bin ich heute schon mehr als genug herumgerannt.

Nachdem Maruscha den Rucksack geholt und sich von ihrer Mutter verabschiedet hat, gehen wir die Treppen runter.

»Mein Fahrrad steht im Hof«, sagt Maruscha.

Timo und ich folgen ihr dorthin.

Tja, Leute, und jetzt dürft ihr dreimal raten, welche Überraschung uns im Hof erwartet. Nein, es ist kein Schimpanse, der mit Motorsägen jongliert. Nein, es ist auch keine rappende Rattenbande. Sondern – ja, genau: Nix Sattel, Maruscha und Timo total baff, Oberschnüffler Oswald schnupper-schnupper nach Spuren.

Im Amtsdeutsch: Der vor exakt 57 Minuten erstmals in Erscheinung getretene Sattelklauer kann nach diesem erneuten Diebstahl als Wiederholungstäter eingestuft werden.

Alles klar?!

Einen Tag später trifft sich der Detektivclub in Isabels Garten.

Yussuf und Maruscha sind schon da, als Timo und ich dort eintrudeln. Der Einzige, der noch fehlt, ist Sven.

»Ist das 'ne Hitze!«, stöhnt Timo und steigt von seinem neuen Sattel. Er wirft einen kurzen Seitenblick auf Maruscha, die sich mit einem Comic unter dem Kirschbaum niedergelassen hat, und wird genauso rot wie die Kirschen. Dann hebt er mich aus dem Körbchen und setzt mich ins Gras.

»Komm her, Oswald!«, ruft Isabel, die neben Yussuf auf der Hollywoodschaukel sitzt. Ich trotte zu Isabel und springe auf ihren Schoß. Sie beginnt mich zu streicheln. Und von mir aus braucht sie nie wieder damit aufzuhören.

Yussuf zieht eine Flappe und mault: »Wieso hast du *mich* noch nie so gestreichelt?«

»Weil du nicht so ein weiches Fell hast«, antwortet Isabel lächelnd.

»Und ob!«, behauptet Yussuf. Er nimmt Isabels rechte Hand und legt sie auf seinen Lockenkopf. »Und? Wie fühlt sich das an?«

Isabel klopft mit den Knöcheln auf Yussufs Schädel und meint: »Reichlich hohl!«

Yussuf stößt ihre Hand weg, verschränkt die Arme und schmollt mit düsterer Miene vor sich hin. Dabei hält er die Klappe, und das minutenlang. Ein so langes Schweigen hab ich bei der Quatschtante Yussuf noch nie erlebt.

Timo, der sich anscheinend nicht in Maruschas Nähe traut, spaziert mit den Händen in der Tasche durch den Garten. Vor jeder Rose bleibt er stehen und starrt sie an, als hätte er noch nie eine Blume gesehen. Wetten, dass er sich dabei jedes Mal die Augen verrenkt, weil er garantiert zu Maruscha hinüberschielt? Die liest weiter ihren Comic. Und Isabel streichelt mich genau da, wo ich es am liebsten habe: überall.

Höchst seltsam, dieser Detektivclub! Wann hören wir denn endlich mit der Faulenzerei auf und fangen an über den Satteldieb zu reden?

Da meldet sich Yussuf zu Wort. Sein Mund kann

wohl nicht länger untätig bleiben. »Wo steckt Sven eigentlich? Wir wollten uns doch um drei Uhr treffen. Jetzt ist schon Viertel nach.«

»Seine Uhr ist kaputt«, erklärt Maruscha.

»Na und?« Yussuf zuckt mit den Schultern. »Dann soll er sich 'ne neue kaufen.«

»Er hat kein Geld«, sagt Maruscha. »Seine Mutter verdient nicht besonders viel bei euch, stimmts?«

»Kann schon sein«, meint Yussuf leicht verlegen. »Putzfrauen werden halt nicht so gut bezahlt wie Schönheitschirurgen. Aber das ist ja wohl nicht *meine* Schuld, oder?«

»Hat ja auch keiner gesagt«, mischt sich Isabel ein. »Wieso bist du denn heute so 'ne Kratzbürste?«

»Keine Ahnung«, seufzt er. »Vielleicht komme ich in die Pubertät.«

In diesem Augenblick schiebt Sven sein Fahrrad durch die Gartentür.

»Wurde auch langsam Zeit«, begrüßt ihn Yussuf griesgrämig.

»Mir ist die Kette abgesprungen«, erklärt Sven, stellt sein Fahrrad ab und latscht zur Hollywoodschaukel. Plötzlich fängt Yussuf an zu lachen und kriegt sich nicht mehr ein.

»Was soll das, du Spinner?«, fragt Isabel und stößt Yussuf in die Seite.

Der zeigt lachend auf Svens Jeans, die mindestens einen Meter Hochwasser hat. Sven wird ganz blass, als er an sich herunterguckt.

Yussuf hört auf zu kichern und sagt kopfschüttelnd zu Sven: »Wenn du schon mit 'ner Aldi-Jeans rumläufst, sollte die wenigstens etwas länger sein als deine Badehose.«

»Halt die Klappe!«, zischt Sven und ballt die Fäuste.

»Reg dich ab!«, erwidert Yussuf mit einer lässigen Handbewegung. »Wenn du keine Kohle für anständige Klamotten hast, können wir ja 'ne kleine Sammlung veranstalten. Was haltet ihr davon, Leute? Also ich würde glatt einen Zehner ...«

Weiter kommt er nicht, weil sich Sven auf ihn stürzt. Die Hollywoodschaukel kippt um und Isabel und ich landen unsanft im Gras. Sven liegt auf Yussuf und prügelt auf ihn ein. Und Yussuf prügelt zurück.

»Hört auf, ihr Idioten!«, ruft Maruscha immer wieder und versucht zusammen mit Isabel die beiden Kampfhähne zu trennen. Timo hingegen tut so, als ginge ihn die Klopperei gar nichts an. Er wandert weiter von einer Rose zur andern und steckt seine Nase in die Blüten.

Ich nutze das ganze Durcheinander um mich ins Haus zu verkrümeln. Meine Kehle ist so ausgetrocknet, dass ich eine ganze Badewanne leer saufen könnte. Und genau das werde ich jetzt auch tun.

Es ist schön kühl im Badezimmer. Ich nehme Anlauf und hüpfe in die Wanne. Dann stelle ich mich auf die Hinterpfoten, umklammere mit den Vorderpfoten den Kaltwasserhahn, drehe ihn mit aller Kraft nach links – und aus dem Duschkopf trifft mich ein kräftiger Wasserstrahl mitten ins Gesicht und schleudert mich gegen den Badewannenrand.

Im Nu ist mir die Lust aufs Trinken vergangen. Klatschnass klettere ich aus der Wanne, während die Dusche weiter in der Gegend rumspritzt. Ich flüchte schleunigst aus dem Badezimmer um Hilfe zu holen.

Als ich ins Wohnzimmer komme, lasse ich mich erst mal auf den Teppich fallen und rubble mich einigermaßen trocken. Anschließend schaue ich mich um, ob irgendjemand hier ist, der die Überschwemmung im Bad stoppen könnte. Fehlanzeige!

Ich belle ein paar Mal, aber niemand reagiert darauf. Anscheinend bin ich ganz allein hier im Haus. Dann sollte ich sofort in den Garten gehen und Isabel ...

Was war denn das für ein Geräusch? Neugierig laufe ich in den Flur und spitze die Ohren. Es hört sich so an, als würde jemand in der Küche auf Scherben herumspazieren. Nichts wie hin!

Als ich in der Küche ankomme, staune ich nicht schlecht. Ein Mann, der offenbar soeben durch ein kaputtes Fenster geklettert ist, schnipst Glassplitter von seinem Hemd und seiner Cordhose.

Das muss Isabels Vater sein, obwohl er ihr eigentlich kein bisschen ähnlich sieht. Ich frage mich, warum er bei dieser Hitze mit Lederhandschuhen rumläuft.

Scheint so, als hätte er seinen Hausschlüssel vergessen. Oder ist Scheiben einschmeißen vielleicht sein Hobby? Timos Vater sammelt Porzellankatzen und das ist mindestens genauso idiotisch.

Als der Mann mich bemerkt, lächelt er mich an und legt einen Zeigefinger an den Mund. Kapiere: Ich soll die Klappe halten, weil er empfindliche Ohren hat. Okay, kein Problem. Als Dankeschön greift Isabels Vater in die Hosentasche und legt eine Hand voll Hundekuchen vor mich hin. Wow – echt nett, der Typ!

Während ich mich über die kleine Zwischenmahlzeit hermache, verschwindet der Mann aus der Küche. Ob er wohl noch mehr Leckereien in der Tasche hat? Nachdem ich alles aufgefuttert habe, mache ich mich auf die Suche nach ihm.

Ich finde ihn im Wohnzimmer, wo er damit beschäftigt ist, ein Bild nach dem anderen von der Wand zu nehmen. Die Kleckserereien sehen wirklich scheußlich aus. So was würde ich niemals in meiner Hundehütte aufhängen, wenn ich eine hätte.

Wieso beeilt sich denn Isabels Vater so sehr? In null Komma nix sind die Wände leer. (Hey, das reimt sich!) Er klemmt sich die sechs nicht besonders großen Bilder unter den Arm und will gehen. Doch als er mich vor der Tür hocken sieht, bleibt er stehen und greift noch einmal in die Tasche. Diesmal ist die Hundekuchenportion doppelt so groß wie zuvor.

Ich fange an zu fressen und Isabels Vater verlässt auf Zehenspitzen das Wohnzimmer. Kurz darauf höre ich, wie die Haustüre ganz leise geschlossen wird. Komisch: Wieso schleicht sich denn Isabels Vater wie ein Einbrecher ...

Schluck!

Der Hundekuchen bleibt mir im Hals stecken. Nachdem ich ihn rausgewürgt habe, werfe ich einen Blick auf die Wände, an denen die Bilder gehangen haben. Dann denke ich an das kaputte Fenster und die Lederhandschuhe.

Oh Gott – Oberschnüffler Oswald ist der dämlichste Köter des ganzen Universums!

Mit lautem Gebell renne ich in den Garten, der fast so riesig ist wie der Ostpark. Kein Wunder, dass die Detektive nicht gehört haben, wie das Küchenfenster zu Bruch ging.

Yussuf und Timo haben ihre Klopperei inzwischen beendet und hauen sich nur noch hässliche Worte um die Ohren.

»Ruhig, Oswald!«, ruft Timo mir zu, aber ich belle weiter.

»Was hat er denn?«, fragt Isabel.

Ich springe ein paar Mal an ihr hoch. Dann beiße ich in ihr rechtes Hosenbein und zerre daran herum. Dabei knurre ich wie verrückt.

»Lass sie sofort los!«, befiehlt mein Herrchen und das gleich fünfmal hintereinander.

Der lange Sven hört auf sich mit Yussuf zu fetzen. Er stemmt die Hände in die Hüften und sagt: »Da muss was passiert sein, Leute. Oswald will uns irgendwas zeigen.«

Bravo – sechs Richtige! Ich flitze bellend ins Haus, verfolgt vom kompletten Detektivclub.

Natürlich sind alle baff, als ich ihnen das kaputte Küchenfenster präsentiere.

»Einbrecher!«, ruft Yussuf aufgeregt aus. »Am helllichten Tag!«

»Ob die was Bestimmtes gesucht haben?«, fragt Maruscha.

Isabel zuckt mit den Schultern. »Vielleicht den Schmuck von meiner Mutter?«

Irrtum, Leute! Ich belle kurz auf und führe dann die Detektive ins Wohnzimmer. Isabel guckt sich um. Und plötzlich entdeckt sie, was fehlt.

»Die Grüttlings!«, schreit sie und zeigt auf die leeren Wände.

»Die was?«, fragt Timo.

»Die Bilder von Hartmut Grüttling. Sie sind alle weg.« Isabel knetet nervös ihre Finger. »Meine Eltern trifft der Schlag, wenn sie das sehen! Die Bilder sind wahnsinnig viel Geld wert.«

Maruscha schüttelt ungläubig den Kopf. »Das war doch nur so ’n buntes Gekritzel. Das kann doch *jeder* malen.«

»Quatsch!«, widerspricht Isabel.

Während sie den anderen erklärt, dass diese Bilder mindestens eine halbe Million wert sind, knabbere ich an den restlichen Hundekuchen herum.

Na ja, okay, der Typ, der sie mir geschenkt hat, ist zwar ein Ganove, aber immerhin hat er ein Herz für Tiere.

Plötzlich zeigt Yussuf auf mich und fragt: »Wieso hat dieser Penner eigentlich nicht gebellt, als die Scheibe zu Bruch gegangen ist? Er war doch die ganze Zeit im Haus.«

»Hm, wirklich seltsam«, gibt mein Herrchen zu.

Yussuf grinst mich spöttisch an. »Oberschnüffler Oswald – das ist ja wohl ’n Witz! Der würde nicht mal bellen, wenn ihm jemand sein Fell klauen würde.«

Alle lachen. Und ich? Wie vom Blitz getroffen (nämlich von einem Geistesblitz, hehe!) lasse ich mich auf den Teppich fallen und fange an zu röcheln, als läge ich in den letzten Zügen.

Sofort verstummt das Gelächter. Meine megastarke Röchelnummer sorgt anscheinend für reichlich Gänsehaut.

»Was hat er denn?«, fragt Isabel schließlich mit einem leichten Zittern in der Stimme.

»Keine Ahnung«, sagt Timo. »Vielleicht ist ihm bei dieser Hitze …«

Da brüllt Sven: »Der Hundekuchen! Dieser fiese Einbrecher hat ihm vergiftetes Fressen hingeworfen.«

»Ach du Scheiße!«, flucht Timo. »Was sollen wir jetzt machen? Ihn zum Tierarzt bringen?«

»Er muss das Zeug auskotzen«, meint Yussuf. »Los, wir tragen ihn raus in den Garten und stecken ihm einen Finger ins Maul.«

Tolle Idee – würg!

Sekunden später schwebe ich auf Timos Armen durchs Haus und werde kurz darauf auf der Wiese abgelegt. Zwei Hände reißen mir das Maul auf. Dann bohrt sich ein Finger so tief in meinen Rachen, als wolle er meinen Blinddarm kitzeln.

Und prompt entleere ich so ziemlich alles, was ich in den letzten 48 Stunden zu mir genommen habe, in mehr oder weniger flüssiger Form auf den Rasen. Etwas weniger vornehm ausgedrückt: Ich kotze bis zum Abwinken.

»Er lebt!«, jubelt Isabel. »Wir haben ihn gerettet!«

Nach dem allerletzten Gewürge versuche ich auf höchst wackligen Pfoten ein paar Schritte zu machen. Nach wenigen Metern breche ich zusammen, verdrehe die Augen und winsle mir die Seele aus dem Leib. Die fünf Detektive gucken mich total erschrocken an.

Echt Wahnsinn, was ich hier für ’ne Show abziehe! Und das ohne jeden Schauspielunterricht. Ich bin ja richtig begabt! Eigentlich sollte ich sofort zum Flughafen rennen und die nächste Maschine nach Hollywood nehmen. Wetten, dass ich da als Filmhund einen Haufen Geld verdienen könnte?

Sven funkelt Yussuf wütend an und sagt: »Mach dich bloß nicht noch mal über ihn lustig, du Blödmann. Oswald hat sich vorhin mit letzter Kraft in den Garten geschleppt um uns zu holen.«

»Stimmt«, sagt Maruscha und geht in die Hocke um mich hinter den Ohren zu kraulen. »Unser Oberschnüffler ist ein richtiger Held!«

Isabel nickt. »Und darum hat er eine dicke Bockwurst verdient.«

Und einen Oscar ...

Nachdem ich die Wurst verdrückt habe, muss Timo mit mir aufbrechen, weil er einen Termin beim Zahnarzt hat. So kriegen wir beide leider nicht mit, wie die Polizei in Isabels Haus auftaucht und die Spuren sichert. Dabei hätte der Oberschnüffler seinen Kollegen so gerne bei ihrer spannenden Arbeit zugeguckt.

Zum Glück treffen sich die Detektive einen Tag später bei uns, also in Timos Zimmer.

Es gibt Limo und Kekse und Salzstangen und jede Menge Durcheinander, zumindest am Anfang. Da quatschen nämlich alle gleichzeitig und keiner versteht ein Wort.

Schließlich wirds Isabel zu bunt. Sie steigt auf Timos Seemannskiste und brüllt: »Jetzt haltet doch mal die Klappe!«

Mit einem Schlag ist es mucksmäuschenstill im Zimmer, allerdings nur für ein paar Sekunden.

Dann meint Yussuf, der auf der Fensterbank hockt, grinsend zu Isabel: »Bist du jetzt der große Boss hier?«

»Quatsch!«, faucht Isabel und springt auf den Teppich. »Aber wir sollten endlich mit dem Geschnatter aufhören und konkret über die beiden Ganoven reden.«

»Konkret?«, wiederholt Maruscha stirnrunzelnd. »Was soll dieses Wort bedeuten?«

»Na ja, so ganz konkret kann ich dir das auch nicht sagen«, gesteht Isabel und fährt sich durch die kurzen blonden Haare.

»Welche zwei Ganoven hast du eben eigentlich gemeint?«, will Timo von Isabel wissen.

»Den Sattelklauer und den Bilderdieb. Wir müssen den beiden auf die Spur kommen. Wozu haben wir denn sonst unseren Detektivclub gegründet?«

Yussuf schüttelt seinen schwarzen Lockenkopf. »Wir haben den Club doch noch gar nicht gegründet.«

»Hä?«, macht Sven, der neben Maruscha auf dem Bett sitzt. Seine langen Arme reichen fast bis auf den Boden.

»Haben wir denn schon einen Namen?«, fragt Yussuf in die Runde.

Und nun geht das fünfstimmige Chaos-Gelaber wieder los. Mich stört das kein bisschen. Je mehr alle reden, desto weniger können sie futtern.

Ich hab mich in der Mitte des Zimmers niedergelassen, genau zwischen dem Salzstangenschälchen und der Keksdose. Seit meiner Kotzshow am gestrigen Nachmittag hab ich echt ein Loch im Bauch. In den letzten 24 Stunden hab ich kaum was anderes getan als gefressen. Wenn das so weitergeht, sehe ich bald aus wie ein schwangerer Bernhardiner.

Die Detektive streiten sich darüber, ob ein Club ohne Namen überhaupt ein Club ist. Wahrscheinlich würde dieses Palaver noch stundenlang weitergehen. Doch irgendwann rückt Sven mit einem wirklich guten Vorschlag raus: »Wir nennen uns einfach XY-Club, und das so lange, bis uns ein *richtiger* Name eingefallen ist. Okay?«

Nur Yussuf hat was dagegen einzuwenden, aber er wird einfach überstimmt.

»So, und jetzt überlegen wir endlich, wie wir die zwei Diebe schnappen können«, sagt Isabel, die sich inzwischen auf der Schreibtischkante niedergelassen hat. »Wer von euch hat eine Idee?«

Alle haben eine Idee, und zwar ein und dieselbe: sich was zu futtern in den Mund zu schieben und ein nachdenkliches Gesicht zu machen. Eine ganze Weile ist außer Kauen und Schmatzen nichts zu hören.

Timo, der schon die ganze Zeit nervös auf seinem Drehstuhl rotiert, hat Maruscha übrigens noch keines Blickes gewürdigt und kein einziges Wort mit ihr gewechselt. Wenn mein Herrchen nicht bis über beide Segelohren in Maruscha verknallt ist, will ich Fiffi heißen.

Da ich in den nächsten Minuten bestimmt nichts verpassen werde, wäre jetzt vielleicht die richtige Gelegenheit für eine kleine Pinkelpause. Ich stehe auf und laufe in den Garten.

Dort gibt es eine kleine Ecke, in der ich meine kleinen und großen Geschäfte erledigen darf. Aber wenn niemand guckt, pinkle ich lieber auf die weißen Nelken. Und es guckt mal wieder keiner, hehe!

Nachdem ich eine Hinterpfote gehoben und die Blumen begossen habe, mache ich einen kleinen Abstecher zur Garageneinfahrt. Timos Freunde haben ihre Räder dort abgestellt. Alle Sättel sind noch dran. Der Wiederholungstäter hat seine Tat also kein weiteres Mal wiederholt – bis jetzt jedenfalls.

Als ich in Timos Zimmer zurückkomme, macht Timo gerade den Computer aus und sagt: »Der Plan ist echt super! Wenn der Typ tatsächlich auf den Internet-

Trick reinfällt, müssen wir bei der Verfolgungsjagd wahnsinnig gut ausgerüstet sein.«

»Womit denn?«, fragt Sven.

»Zum Beispiel mit Handys und einer Videokamera.«

Internet? Handy? Kamera? Ich hör wohl nicht recht! Und was ist mit der Kinderdetektivausrüstung aus der guten alten Zeit – mit Lupen, Chemiebaukästen, Geheimschriften und superschlauen Spürhunden? Soll Oberschnüffler Oswald etwa wegen dieser supermodernen Technik in Rente geschickt werden? Das wäre ja wohl echt das Letzte!

»Hm, ich glaub kaum, dass der Bilderdieb so blöd sein wird uns in die Falle zu tappen«, meint Yussuf zweifelnd.

»Abwarten«, erwidert Timo.

Sven runzelt die Stirn. »Also ich finde, dieser Einbrecher ist 'ne Nummer zu groß für uns.« Er steht auf und kratzt sich an seinem Giraffenhals. »Wir sollten uns lieber um den Satteldieb kümmern.«

Isabel winkt ab. »Eins nach dem andern. Erst schnappen wir uns den Kerl, der meinen Eltern die Bilder geklaut und unser Badezimmer überschwemmt hat.«

Hä? Was für 'ne Überschwemmung? Ach so, äh, Isabel meint den Wasserhahn, den ich nicht zugedreht habe.

»Was sagten eigentlich die Polizisten, als sie gestern bei euch waren?«, fragt Timo.

»Dass sie den Einbrecher wohl kaum finden werden«, antwortet Isabel. »Angeblich ist die Polizei total überlastet und hat viel zu wenig Leute.«

»Da werden sie sich ja freuen, dass wir ihnen ein bisschen Arbeit abnehmen«, sagt Maruscha lächelnd, worauf Yussuf eine Schnute zieht und sagt: »Wenn unser Plan tatsächlich funktioniert, beiße ich mir in den Hintern.«

»Guten Appetit!«, wünscht ihm Sven lächelnd.

Dann verabschiedet sich der Lange, weil er zum Basketball muss. Als er weg ist, brummt Yussuf: »So 'n Lügner!«

»Wieso?«, fragt Maruscha.

»Von wegen Basketball! Sven schmeißt jetzt zwei Stunden lang Reklamezettel in Briefkästen. Seine Mutter ist mächtig stolz darauf, dass er sich sein Taschengeld selbst verdient. Ihr müsst euch mal anhören, wie die von ihrem Sohnemann schwärmt – grausam!«, stöhnt Yussuf.

»Ist das der Grund, wieso du Sven nicht leiden kannst?«, fragt Timo.

»Quatsch!«, antwortet Isabel an Yussufs Stelle. »Der arme Yussuf ist sauer auf Sven, weil er ihm nur bis zum Bauchnabel geht, stimmts?«

»Du spinnst!«, knurrt Yussuf und schiebt sich einen Keks in den Mund.

Nun macht Maruscha ihm Vorwürfe, weil er am Tag zuvor über Svens Hochwasserjeans gelästert hat. »Das fand ich echt ekelhaft.«

»Ach nee!«, sagt Yussuf. »Noch ekelhafter war ja wohl, dass er sich deswegen mit mir geprügelt hat.«

»Hätte ich an Svens Stelle auch«, behauptet Timo und erntet dafür ein Lächeln von Maruscha. Prompt schießt ihm das Blut in die Rübe und sein Gesicht wird so rot wie sein Strubbelhaar.

Eine Viertelstunde später begleiten Timo und ich unsere Gäste vor die Haustür. Maruscha, Isabel und Yussuf steigen auf ihre Räder und radeln davon. Ehe Maruscha um die Kurve biegt, dreht sie sich um und winkt meinem Herrchen zu. Timo winkt zurück, bis Maruscha verschwunden ist.

Dann nimmt er mich auf den Arm, drückt mich ganz fest an seine Brust und stößt einen tiefen Seufzer aus.

»Ich mag dich«, flüstert er und streicht mir sanft über den Kopf.

Hm, sieht ganz so aus, als würde mich Timo mit irgendjemandem verwechseln.

Gegen halb zehn leint mich Timos Vater an um mit mir Gassi zu gehen. Das machen wir jeden Abend, egal, obs stürmt oder schneit.

Klar, natürlich hab ich was gegen Leinen, aber es macht wirklich keinen Spaß, mit Timos Vater spazieren zu gehen, wenn er frei rumlaufen darf. Dann bleibt er nämlich an jedem zweiten Auto stehen, presst die Nase gegen die Scheibe und glotzt sich stundenlang das Armaturenbrett an. Wenn er jedoch angeleint ist, ziehe ich einfach so lange, bis er weitergeht.

Es ist ein wundervoller Sommerabend. Die untergehende Abendsonne übergießt die Schäfchenwolken am Himmel mit leuchtenden Farben. Und ein lauer Südwind spielt zärtlich mit meinem dunkelbraunen Fell. (Na, hab ich das nicht wieder mal wunderbar ausgedrückt? Ich bin ein Dichter, Leute! Oder bin ich nur irgendwie nicht ganz dicht?)

Unterwegs schnuppere ich neugierig an den Bäumen, Hecken und Laternenpfählen. Ich kenne natürlich alle Hunde, die in unserem Viertel ihre Duftmarken hinterlassen. Aber manchmal ist auch ein neuer Duft dabei, so wie hier an der Litfaßsäule, vor der ich soeben Halt gemacht habe.

Wow – was für ein Duft! Dagegen riecht Chanel No. 5 wie verschimmeltes Sauerkraut.

Ich kann gar nicht mehr aufhören an der Litfaßsäule zu schnuppern. Diese Duftwolke stammt sicher von einer wahnsinnig aufregenden Hundedame. Sollte sie mir jemals über den Weg laufen, mache ich ihr garantiert einen Heiratsantrag. Und wenn sie ablehnt, schlucke ich vor Verzweiflung eine Überdosis Chappi.

Ich atme den herrlichen Duft noch einmal ganz tief ein, dann setzen Timos Vater und ich unseren Weg fort.

Dreißig Meter weiter hocke ich mich mitten auf den Bürgersteig um ein großes Geschäft zu verrichten. Der Haufen wird größer und größer – und das Gesicht von Timos Vater länger und länger. Er müsste den Haufen eigentlich in eine Plastiktüte schaufeln und in den nächsten Abfalleimer werfen.

Doch was passiert, als ich fertig bin? Timos Vater guckt sich vorsichtig nach allen Seiten um und dann machen wir im Eiltempo, dass wir weiterkommen.

»Wehe, du verrätst mich zu Hause!«, droht er mir leise und grinst mich dabei an.

Keine Angst. Es ist wohl kaum anzunehmen, dass ich in der nächsten Viertelstunde sprechen lerne. Und falls doch, dann würde ich ...

Plötzlich bleibe ich stehen und reiße die Augen auf. Denn wen sehe ich da auf der anderen Straßenseite neben einem Mountainbike stehen, das ihm nicht gehört? Timos Freund Axel, den ich angeblich gebissen habe. Und wo hat Axel seine rechte Hand liegen? Auf dem Sattel!

»Komm schon, lass uns weitergehen«, sagt Timos Vater und zieht an der Leine. Ich rühre mich nicht von der Stelle, starre weiter in Axels Richtung und fange an zu knurren.

Timos Vater folgt meinem Blick und erkennt Axel, der uns noch nicht gesehen hat.

»'n Abend, Axel!«, ruft Timos Vater ihm zu. »Warum bist du denn noch so spät unterwegs?«

»Wieso spät? Es ist doch noch hell.«

»Hast du ein neues Fahrrad?«, fragt Timos Vater und überquert mit mir die Straße.

»Nein«, antwortet Axel, als wir bei ihm angekommen sind. »Ich habs mir nur mal angeguckt. Tolle Kiste, was?«

Timos Vater begutachtet das Mountainbike und nickt. Axels Hand liegt immer noch auf dem Sattel. Das gefällt mir nicht und darum fange ich an zu bellen und springe an Axels roter Jeans hoch. Axel lässt sofort das Fahrrad los und guckt mich ganz erschrocken an.

»Er – er will mich doch wohl nicht schon wieder beißen, oder?«, stammelt der Lügner.

»Keine Angst«, beruhigt ihn Timos Vater. »Sollte

Oswald noch einmal einen Menschen angreifen, kommt er ins Tierheim.«

Hä? Soll das 'n Witz sein?

Mit leidender Miene fasst sich Axel an den Oberschenkel und jammert: »Oswald hat mir fast das Bein abgebissen. Die Stelle tut mir immer noch unheimlich weh.«

Dieser elende Schauspieler! Mit wütendem Geknurre will ich mich auf seine Hosenbeine stürzen, aber Timos Vater hält mich so kurz an der Leine, dass ich es nur bis zu Axels Schuhspitzen schaffe. Immerhin macht Axel einen Satz nach hinten und flüchtet auf die andere Straßenseite. Ich belle ihm wie verrückt hinterher, worauf der Feigling die Beine in die Hand nimmt und nach Hause läuft. Leider macht er dabei den Fehler sich nach mir umzugucken – und rutscht auf dem riesigen Haufen aus, den ich vorhin gelegt habe. Axel kracht auf den Hintern. Wenn Hunde lachen könnten, würde ich mich jetzt garantiert nicht mehr einkriegen.

Nicht mal Timos Vater kann sich ein Grinsen verkneifen. Aber davon ist natürlich nichts mehr zu sehen, als wir kurz darauf neben Axel stehen.

»Alles in Ordung?«, fragt Timos Vater.

Axel rappelt sich auf. Oh Mann, sieht der vielleicht beschissen aus! Und genauso riecht er auch.

Timos Vater erkundigt sich, ob Axel sich wehgetan habe. Der schüttelt den Kopf. Dann wirft er mir einen hasserfüllten Blick zu.

»Unmöglich, dass manche Hundebesitzer diesen

Dreck einfach so liegen lassen!«, meint Timos Vater scheinheilig. »Wieso bist du denn weggerannt, als Oswald gebellt hat? Ich hab ihn doch an der Leine. Außerdem wollte er nur mit dir spielen.«

Daraufhin murmelt Axel irgendwas, dreht sich schnell um und macht sich mit großen Schritten auf den Heimweg.

Timos Vater fängt wieder an zu grinsen und zwinkert mir zu. Und danach setzen wir unseren Abendspaziergang fort.

Ich denke darüber nach, ob Axel tatsächlich der Satteldieb sein könnte. Eigentlich hat er die Klauerei nicht nötig, weil er von seinen reichen Eltern jede Menge Taschengeld bekommt. Aber vielleicht klaut er auch nur aus Spaß. So was solls ja geben. Ich nehme mir auf jeden Fall vor, Axel in den nächsten Tagen und Wochen genau im Auge zu behalten. Mit ein bisschen Glück könnte ich ihn auf frischer Tat ertappen.

»Bei Fuß, Jaqueline!«, höre ich in diesem Augenblick eine hohe Frauenstimme rufen.

Wer ist Jaqueline?

Und da kommt sie mir auch schon entgegen: eine umwerfend gut aussehende Chow-Chow-Dame mit roten Schleifchen im Haar und einer Goldkette um den Hals.

Kein Zweifel, Leute: Das muss die Hundedame sein, deren Duftmarke mich vorhin an der Litfaßsäule total benebelt hat. Darauf verwette ich meinen Fressnapf!

Ich bleibe wie angewurzelt stehen und Jaqueline

stolziert so cool an mir vorüber wie ein Model auf dem Laufsteg. Sie würdigt mich keines Blickes – während ich sie so hingerissen anstarre, dass mir fast die Augen aus dem Kopf fallen.

»So ists brav«, flötet Jaquelines Frauchen, das einen kurzen roten Rock trägt. »Immer schön bei Fuß bleiben, sonst musst du wieder an die Leine, mein Schatz.«

Timos Vater und ich gucken den beiden mit offenem Mund hinterher. Dabei lässt er die Zunge nicht ganz so weit raushängen wie ich.

An der nächsten Kreuzung verschwinden Jaqueline und ihr Frauchen um die Ecke. Timos Vater atmet ganz tief durch und murmelt: »Hast du schon mal so was Heißes gesehen, Oswald?«

Nein – nicht mal im Mikrowellenherd.

Jaqueline ...

An den nächsten Abenden halte ich Augen, Ohren und Nase offen, wenn ich mit Timos Vater Gassi gehe. Jaqueline bleibt leider unsichtbar, aber an einigen Laternenpfählen und Baumstämmen schnuppere ich ihren Duft. Die flotte Chow-Chow-Dame muss also hier in der Nähe wohnen und irgendwann läuft sie mir bestimmt noch mal über den Weg.

Aber wann? Wenn ich sie nicht bald wieder sehe, gehe ich noch ein vor Liebeskummer.

Ja, ich gebs zu, Leute: Ich bin hin und weg! Tag und Nacht sehe ich Jaquelines niedliche Ohren vor mir und ihre süße Schnauze und ihr seidenweiches Fell, an das ich mich so gerne mal kuscheln würde.

Ach, Jaqueline! Die Sehnsucht nach dir bringt mich fast um den Hundeverstand.

Meinem Herrchen Timo geht es auch nicht viel besser. In den letzten Tagen hat er zwar noch länger am Computer gesessen als sonst, aber zwischendurch ließ er immer wieder die Finger von den Tasten sinken, stierte an die Wand und grinste dämlich vor sich hin. Jede Wette, dass er in diesen Augenblicken von Maruscha geträumt hat!

Timo nimmt mich jetzt auch wieder öfter in die Arme um mit mir zu schmusen. Das hat er schon seit Wochen nicht mehr getan.

Tja, was wäre die Welt ohne die Liebe? Eine graue Betonwüste mit einem Supermarkt, in dem es kein Hundefutter gibt. (Oder so ähnlich.)

Was mein Herrchen da übrigens am Computer treibt, hat bestimmt was mit dem Bilderdieb zu tun, dem der Detektivclub auf die Schliche kommen will. Warum war ich Blödhund nicht dabei, als der Plan ausgeheckt wurde?

Es sieht leider ganz so aus, als würde Oberschnüffler Oswald in diesem Plan keine Rolle spielen. Gegen Computer können vierbeinige Spürnasen halt nicht anstinken; das meinen zumindest die Detektive. Na, denen werd ichs zeigen! Den Satteldieb schnappe ich ganz alleine – ohne Internet und Handys und all diesen Firlefanz.

Allerdings hab ich den Kindern auch etwas voraus: Ich weiß, wer der Satteldieb ist – Axel! Vor einer Woche hab ich ihn ja zum ersten Mal dabei überrascht, wie er an dem nagelneuen Mountainbike-Sattel rumgefummelt hat. Und gestern Abend stand er schon wieder vor diesem Rad und hatte eine Pfote auf dem Sattel. Als Timos Vater und ich näher kamen, hat Axel die Fliege gemacht. Höchst verdächtig, oder?

Jetzt ist Axel gerade bei meinem Herrchen im Zimmer, während ich mich draußen im sonnigen Garten rumtreibe und eifrig die Nelken gieße. Ich muss aufpassen, dass ich nie mehr mit Axel allein gelassen werde, sonst zieht er garantiert noch mal seine große Oswald-hat-mich-gebissen-Nummer ab – und ich lande anschließend im Tierheim.

Wie kann Timo bloß mit so einer fiesen Type befreundet sein?

Plötzlich kommt mir eine meiner genialen Ideen. Und schon rase ich los, hechte mit einem Riesensatz über den Gartenzaun und renne auf die andere Straßenseite zu Axels Haus. Ich war noch nie drin, weil mich Timo nicht mitnehmen darf, wenn er Axel besucht.

Nachdem ich ausgeschnauft habe, schleiche ich mich auf leisen Pfoten in den Garten.

Die Gelegenheit ist günstig: Axels Eltern sind noch bei der Arbeit, er selbst hockt vor Timos Computer, die Haushälterin mäht gerade den Rasen und die Verandatür steht sperrangelweit offen. Also nix wie rein in die gute Stube!

Nein, in dieser Villa wohnen keine armen Schlucker. Ob Lampen, Teppiche, Gardinen oder Tapeten – hier ist alles nur vom Feinsten. Wenn ich ein Einbrecher wäre, wüsste ich nicht, was ich als Erstes mitgehen lassen würde.

Moment mal: Ich *bin* ja so 'ne Art Einbrecher. Wenn mich die Haushälterin entdecken würde, bekäme sie garantiert einen Schreikrampf. Und das wäre furchtbar, vor allem für meine Ohren.

Darum mache ich mich schleunigst auf die Suche nach Axels Zimmer. Ich finde es im ersten Stock am Ende des Flurs. Die Tür ist geschlossen. Kein Problem: Den Klinkensprung hatte ich schon drauf, als ich noch mit Pampers rumgelaufen bin. Ein kleiner Hüpfer – und die Tür ist offen.

Mein Gott, was ist denn *das*? So ein ordentliches Kinderzimmer hab ich ja noch nie gesehen!

Der Schreibtisch ist picobello aufgeräumt. Der Teppichboden sieht aus, als würde Axel ihn alle zwei Stunden sauber lecken. Und es liegt absolut nichts rum, nicht mal ein Comic oder eine Unterhose oder ein angeknabberter Schokoriegel. Und ich dachte immer, solche Zimmer gäbe es nur in Schaufenstern von Möbelgeschäften.

Wo Axel wohl die geklauten Sättel verstaut hat?

Als Erstes durchwühle ich den Kleiderschrank. Ich zerre alles raus, was ich zwischen die Zähne kriege. Ein Sattel ist leider nicht darunter.

Dann ist der Schreibtisch dran. Eine Schublade nach der andern kracht auf den Teppich und wird gründlich durchsucht. Ohne Ergebnis.

Ich lasse meinen Blick schweifen. Auf dem Fensterbrett stehen vier große Blumentöpfe. Ich hab mal einen Film gesehen, in dem Heroin in Blumenerde versteckt wurde. Ob das auch mit Sätteln funktioniert?

In Windeseile schaufele ich mit den Vorderpfoten die Erde samt den Blumen aus den Töpfen. Von Sätteln keine Spur. Aber die Baggerei hat trotzdem Spaß gemacht.

Was jetzt?

Na klar – das Bett! Dass ich nicht gleich darauf gekommen bin ...

Ein paar Minuten später könnte man in Axels Zimmer einen Frau-Holle-Film drehen. Ich hab Kissen und Bettdecke zerfetzt und muss nun dauernd niesen, weil Tausende von Federn durch die Luft schweben. Inzwischen hat die Haushälterin mit dem Rasenmähen aufgehört. Höchste Zeit abzuhauen!

Ehe ich aus der Tür schleiche, drehe ich mich noch mal um und schaue mir das Chaos an.

Okay, die Sättel konnte ich nicht finden, aber meine

Durchsuchungsaktion war trotzdem erfolgreich: Jetzt sieht Axels Bude endlich so aus wie ein ganz normales Kinderzimmer.

Ein paar Tage später renne ich neben Timos Fahrrad durch die Stadt. Wir sind auf dem Weg zu Sven, bei dem sich die Mitglieder des immer noch namenlosen Detektivclubs treffen wollen.

Heute bin ich viel besser drauf als zu Beginn dieses Buches, wo ich während so einer Radtour halb tot zusammengebrochen bin. Mein Diät- und Trainingsprogramm in der vergangenen Woche hat mich wieder richtig fit gemacht. Schließlich will ich aussehen wie ein junger Hundegott, wenn mir demnächst Jaqueline noch mal über den Weg läuft.

Nein, kein Wort über meine große Chow-Chow-Liebe! Ich darf nicht an sie denken, sonst krieg ich vor Sehnsucht die Tollwut.

Mein Herrchen hat mehr Glück als ich. Er sieht seine geliebte Maruscha nämlich schon an der nächsten Kreuzung wieder.

Sie trägt ein rotes Kleid und hockt mit verschränkten Armen auf ihrem Fahrrad. Als Timo neben ihr bremst, lächelt sie ihn an.

»Na?«, zwitschert sie fröhlich, worauf Timo irgendwas murmelt, was nicht mal meine empfindlichen Dackeloh... äh – Terrierohren verstehen.

»Ich hab auf dich gewartet«, sagt Maruscha. »Ich weiß nämlich nicht genau, wo Sven wohnt.«

»Hm«, macht Timo. Er kratzt sich ausgiebig am Hinterkopf.

Und dann – nicht zu fassen, Leute! – fährt er plötzlich einfach weiter.

Maruscha zieht eine Schnute und guckt mich verständnislos an. »Was ist denn mit deinem Herrchen los, Oswald?«

Nichts. Er ist nur in dich verknallt.

»Los, wir müssen uns beeilen, sonst verlieren wir diesen Spinner aus den Augen!«

Maruscha tritt kräftig in die Pedale, während ich den Turbo anwerfe und die Pfoten qualmen lasse.

Etwa zweihundert Meter weiter holen wir Timo ein.

»Was soll der Quatsch?«, faucht Maruscha ihn wütend an.

Auf Timos Gesicht erscheint ein reichlich missglücktes Grinsen, das eher wie ein Wangenmuskelkrampf aussieht. Warum benehmen sich die Menschen eigentlich immer wie Vollidioten, wenn sie verliebt sind?

Den Rest des Weges radeln Maruscha und Timo schweigend hintereinander her.

Sven wohnt in einer Hochhaussiedlung in Reisholz. Es dauert eine Weile, bis wir das richtige Haus gefunden haben. Als wir endlich dort ankommen, erwartet uns der lange Sven schon vor der Eingangstür.

Nachdem er uns begrüßt hat, meint er leicht verlegen: »Wir können leider nicht zu mir hoch.«

»Wieso nicht?«, fragt Maruscha.

»Bei uns wird gerade renoviert.«

Und diesen Spruch wiederholt er noch mal, als Isabel eintrudelt.

»Wir warten noch auf Yussuf und dann gehen wir auf den Spielplatz«, schlägt Sven vor.

Und dann wollen alle von Timo wissen, ob er übers Internet irgendwas über den Bilderdieb rausgekriegt hat. Aha, nun erfahre ich endlich, was für einen Plan die Detektive vor über einer Woche ausgeheckt haben.

Timo hat im Internet Leute gesucht, die sich für die Malerei von Hartmut Grüttling interessieren. (Das ist der Typ, der die geklauten Bilder gepinselt hat.) Die Detektive glauben nämlich, dass der Einbrecher die Grüttling-Bilder im Auftrag von irgendeinem Sammler gestohlen hat. Und dass der Dieb bestimmt hinter allen Grüttlings her ist, die er kriegen kann.

»War denn jemand Verdächtiges dabei?«, will Sven von Timo wissen.

»Nein. Es haben sich nur drei Leute gemeldet, die mit mir über Hartmut Grüttling chatten wollten. So richtige Quatschtanten, die in jedem Satz zehn Fremdwörter benutzt haben.«

»Wollte dich denn niemand besuchen und sich die Bilder angucken, die du angeblich verkaufen wolltest?«, fragt Maruscha.

»Nö«, antwortet Timo. »Die wollten nur schlaue Sprüche loswerden, sonst nichts.«

»Hm«, macht Isabel. »Und jetzt?«

Die Detektive wechseln ratlose Blicke.

In diesem Augenblick kommt Yussuf auf seinem Superrennrad angerast und bremst haarscharf vor Svens Füßen.

»Ich hab ihn, Leute!«, ruft er total aufgeregt und strahlt über beide Backen.

»Wen?«

»Den Bilderdieb, wen sonst?«

Er springt vom Rad, greift in seine Hosentasche und präsentiert vier Briefumschläge.

»Was soll das sein?«, fragt Isabel.

»Briefe. Und einer davon ist von dem Typ, der deinen Eltern die Bilder geklaut hat«, verkündet Yussuf und schweigt anschließend mit geheimnisvoller Miene vor sich hin.

»Machs doch nicht so spannend!«, drängt Timo, worauf Yussuf in Zeitlupentempo einen Kaugummi auswickelt und ihn sich ätzend langsam in den Mund schiebt.

Erst dann rückt er mit der ganzen Geschichte raus.

»Na ja, irgendwie hab ich mir gleich gedacht, dass dieser Internet-Plan nicht funktionieren würde«, fängt er an. »Oder hab ich mich da vielleicht getäuscht, Timo?«

Mein Herrchen schüttelt den Kopf.

»Ich kenne nämlich diese Kunst-Heinis«, behauptet Yussuf. »Meine Eltern schleppen mich ja dauernd in irgendwelche Galerien. Und die Leute, die da rumlaufen, sind total altmodisch. Von wegen Internet! Die wissen nicht mal, wie Computerspiele funktionieren. Ich hab denen mal zu erklären versucht, wie ein ...«

»Erklär uns lieber, was das für Briefe sind«, unterbricht ihn Sven. »Was soll dieses lange Gequatsche?«

»Okay, machen wirs kurz«, sagt Yussuf. »Ich hab sofort nach unserm letzten Treffen eine Anzeige mit Chiffre aufgegeben: *Bilder von Hartmut Grüttling zu verkaufen.* Und heute Morgen hat mir die Zeitung die Briefe geschickt, die auf meine Anzeige eingegangen sind.«

»Und woher willst du wissen, welchen Brief dir der Bilderdieb geschrieben hat?«, fragt Maruscha stirnrunzelnd.

»Ganz einfach!« Yussuf holt alle vier Briefe aus den Umschlägen und präsentiert sie den Detektiven. »Na, welcher ist wohl am verdächtigsten?«

Alle zeigen auf den Brief ganz rechts. Und das hätte ich auch getan, wenn ich einen Zeigefinger hätte. Die anderen drei Briefe haben nämlich einen Briefkopf und sind mit Schreibmaschine oder Computer geschrieben. Der verdächtige Brief hingegen wurde mit der Hand geschrieben und die Unterschrift ist völlig unleserlich. Außerdem steht keine Adresse drauf, sondern nur eine Telefonnummer.

Sehr verdächtig, nicht wahr? Ehrlich gesagt finde ich diesen Brief sogar zu verdächtig.

Timo stellt Yussuf genau die Frage, die mir auf der Zunge brennt:

»Glaubst du wirklich, dass dieser Brief von dem Einbrecher ist? Dann wäre er ja echt bescheuert! Noch verdächtiger als mit so 'nem Wisch kann man sich ja wohl kaum machen.«

»Wenn Einbrecher nicht bescheuert wären, würde sie die Polizei niemals schnappen«, behauptet Yussuf. Er zerreißt alle Briefe außer dem handgeschriebenen. Isabel schnappt ihn sich und liest ihn durch.

»Wir können ja mal die Nummer anrufen«, schlägt sie vor. »Was haltet ihr davon?«

Alle sind einverstanden.

»Die nächste Telefonzelle ist gleich um die Ecke«, sagt Sven.

»Telefonzelle!«, wiederholt Yussuf verächtlich und zückt ein Handy. Er tippt die Nummer ein und wartet. Plötzlich macht er ein ganz erschrockenes Gesicht und fragt: »Was soll ich dem Typ überhaupt erzählen?«

Timo zuckt mit den Schultern und will etwas sagen, aber Yussuf hebt einen Zeigefinger vor seinen Mund

und fummelt dann nervös an seinen schwarzen Locken herum. Aha, am anderen Ende der Leitung hat sich anscheinend jemand gemeldet.

»Ja, richtig«, spricht Yussuf mit tiefer Stimme in den Hörer. »Ich habe die Anzeige aufgegeben. Mein Name ist – äh ...« Yussufs Blick fällt auf mich. »Mein Name ist Oswald. Josef Oswald.«

Maruscha prustet drauflos. Timo hält ihr schnell den Mund zu und läuft dabei knallrot an. Aber er lässt sie erst wieder los, als sie sich eingekriegt hat.

Unterdessen lauscht Yussuf aufmerksam den Worten seines Gesprächspartners und murmelt zwischendurch: »Aha. – Hmhm. – Ah ja.«

Schließlich zieht er die Augenbrauen hoch, wirft einen fragenden Blick in die Runde und sagt: »Übermorgen um Viertel nach vier?«

Alle nicken – außer Isabel, die leise flüstert: »Da hab ich Ballett. Ich könnte frühestens um – »

Sven bringt sie mit einem Rippenstoß zum Schweigen.

»Okay, übermorgen um Viertel nach vier«, sagt Yussuf. Dann nennt er seine Adresse. »Ja, ich freue mich auch. Also, bis dann!«

Er schaltet das Handy aus und atmet tief durch. »Ihr habts gehört, Leute: Übermorgen steht der Typ vor unserer Tür um sich die Grüttling-Bilder anzugucken.«

»Und dann?«, fragen Maruscha und Timo gleichzeitig.

Yussuf grinst. »Dann ist eine Verfolgungsjagd angesagt – mit Taxi, auf Skates, mit Handy und Kamera.«

Und mit Oswald, dem obercoolsten Oberschnüffler östlich von Ostende!

Aber was passiert, als Timo 48 Stunden später die Skates und die Videokamera in seinen Rucksack packt und das Rad aus der Garage holt um zu Yussuf zu fahren?

Mein Herrchen will mich nicht mitnehmen!

»Tschüss, Oswald!«, ruft er mir zu und steigt auf den Sattel. »Du kannst leider nicht mitkommen.«

Wie bitte?!?

Ich starre Timo mit meinem berühmten Bettelblick an und jaule drauflos. Mein Herrchen stöhnt auf.

»Lass den Quatsch, Dicker! Du bleibst hier, kapiert?«

Und damit tritt er in die Pedale und radelt los.

Was jetzt? Tja, was wohl?

Ich überlege nur eine Zehntelsekunde, dann flitze ich Timo hinterher. Erst einige hundert Meter weiter merkt er, dass ich an seinem Hinterreifen klebe. Er bremst so plötzlich, dass ich mit der Nase gegen das Rücklicht knalle.

»Hast du sie noch alle?«, faucht Timo mich an. »Du solltest doch zu Hause bleiben. Los, geh sofort zurück!«

Ich setze mich auf die Hinterpfoten, massiere meine Nase und stelle mich taub. Mein Herrchen kläfft weiter, was mich jedoch kein bisschen beeindruckt.

»Na warte!«, schnaubt Timo schließlich wütend und klettert vom Rad.

Aha, er will Fangen spielen. Toll! Das haben wir schon ewig nicht mehr gemacht.

Mit ausgestreckten Armen stürzt Timo auf mich zu – aber so leicht kriegt er mich nicht. Ich entwische ihm immer wieder. Mein Herrchen ist flink, aber Oswald ist flinker.

Als Timo das nach fünf Minuten endlich eingesehen hat, geht er zurück zu seinem Fahrrad und sagt: »Okay, du hast gewonnen! Aber komm uns bloß nicht in die Quere, wenn Herr Müller auftaucht.«

Herr Müller ist der falsche Name, den sich der Bilderdieb ausgedacht hat. Sehr einfallsreich, was? Dieser Kerl dürfte den gleichen Intelligenzquotienten haben wie ein Pekinese – also 0,00.

Im Eiltempo machen Timo und ich uns auf den Weg

zu Yussuf. Er wohnt in einem Vorort am anderen Ende der Stadt.

Als wir vor Yussufs Haus ankommen, staune ich nicht schlecht. Ganz schön protzig, die Hütte! Yussufs Vater ist Schönheitschirurg. Er verpasst seinen Patienten neue Wangen und Brüste und verdient sich damit anscheinend eine goldene Nase. Ob er auch Hundeohren verschönern kann? (Nein, ich bin immer noch nicht darüber hinweggekommen, dass mich dieser dämliche Straßenbahnkontrolleur vorletzte Woche mit einem Dackel verwechselt hat.)

Die anderen Detektive erwarten uns schon im Garten. Sie haben es sich auf den Liegestühlen am Swimmingpool bequem gemacht und nuckeln an ihren Limoflaschen.

Isabel ist natürlich auch da und hat ihren Ballettunterricht sausen lassen. Schließlich geht es um den Typen, der ihren Eltern die Grüttling-Bilder geklaut hat.

»Also, wie soll die Sache laufen?«, will Maruscha von Yussuf wissen, nachdem sich auch Timo auf einem Liegestuhl niedergelassen hat.

»Ganz einfach«, antwortet Yussuf und guckt auf die Uhr. »In zehn Minuten klingelt Herr Müller an unserer Haustür. Niemand macht ihm auf, weil keiner da ist. Herr Müller steigt also wieder in seinen Wagen und fährt nach Hause. Und wir fahren ihm im Taxi hinterher um rauszukriegen, wo er wohnt. Und dann sehen wir weiter.«

»Toller Plan!«, meint Sven ironisch und tippt sich an

die Stirn. »Was ist denn, wenn der Taxifahrer keine Lust auf eine Verfolgungsjagd hat?«

»Wir geben ihm ein ordentliches Trinkgeld und erzählen ihm, dass das alles nur ein Spaß sein soll«, erwidert Yussuf.

»Und wenn Herr Müller merkt, dass er verfolgt wird?«, bohrt Sven weiter.

»Dann bleiben wir trotzdem dran.«

»Und wenn er uns abhängt?«

»Dann haben wir eben Pech gehabt«, antwortet Yussuf gereizt. »Und jetzt hör endlich auf mit der Fragerei. Ich weiß selbst, dass mein Plan nicht perfekt ist. Vielleicht schnappen wir den Bilderdieb, vielleicht auch nicht.«

»Und vielleicht ist Herr Müller gar nicht der Bilderdieb«, sagt Timo. »Und dann war diese ganze Aktion total sinnlos.«

Ehe jemand darauf eingehen kann, hupt ein Auto vor dem Haus.

»Das ist das Taxi«, erklärt Yussuf. »Los, kommt!«

Die Detektive stehen auf. Timo kniet sich neben mich, schaut mir eindringlich in die Augen und sagt: »Du bleibst hier im Garten, bis ich dich wieder abhole, kapiert? Und spring bloß nicht in den Swimmingpool! Da dürfen keine Hunde rein.«

Maruscha geht neben Timo in die Hocke. »Sei ein braver Hund, Oswald!« Sie streichelt meine Birne. Und der arme Timo guckt mich mal wieder ganz eifersüchtig an.

»Wo bleibt ihr denn?«, ruft Yussuf, der mit Isabel und Sven an der Gartentür steht.

»Bis später, Dicker!«, verabschiedet sich Timo von mir und verschwindet zusammen mit Maruscha und den anderen in Richtung Taxi.

Und ich?

Ich starte voll durch, rase zum Swimmingpool, hebe am Beckenrand ab, segle meterweit durch die Luft – und lande mit einem Bauchplatscher mitten auf dem Wasser.

Aaah, tut das gut! Bei dieser Affenhitze gibts nichts Schöneres als im kühlen Nass rumzuplantschen. Gemütlich kraule ich vor mich hin. Ach, ist das Leben nicht herrlich? Blauer Himmel, zwitschernde Vögel, ein herrlicher Swimmingpool ganz für mich allein – was will man mehr? Da verschwendet man keinen Gedanken mehr an das Böse in dieser Welt: an Katzen und andere Monster, an dämliche Pekinesen und verschimmelte Hundekuchen, an enge Halsbänder, an Sattelklauer und Einbre...

Mein Gott, der Bilderdieb!

Mit allen Vieren paddle ich zurück zum Beckenrand, krabble aus dem Pool und schüttle mich, bis ich einigermaßen trocken bin.

So, Herr Müller, und jetzt zu Ihnen ...

Ich schleiche mich zur Gartenpforte, die einen Spaltbreit offen steht, und schlüpfe hindurch. Dann bleibe ich stehen und halte vorsichtig Ausschau nach dem Taxi, in dem die Detektive auf Herrn Müller warten.

Nanu – von dem Taxi ist weit und breit nichts zu sehen. Ist die Verfolgungsjagd etwa schon losgegangen, als ich gemütlich im Pool planschte? Schöner Mist! Vor Wut könnte ich mir glatt den Schwanz abbeißen. Wieso hab ich mich nicht sofort nach Timos Verschwinden auf die Lauer gelegt? Aber nein, ich musste ja unbedingt den Seehund spielen und mich ins Wasser ...

Wow, was ist denn *das* für ein Schlitten? Ein riesiger amerikanischer Straßenkreuzer mit offenem Verdeck biegt langsam um die Ecke und bleibt genau vor Yussufs Haus stehen. Die Karre hat schon mal bessere Tage gesehen und könnte dringend eine neue Lackierung gebrauchen. Beim Anblick der wahnsinnig dicken Reifen spüre ich ein Kribbeln in der Blase. Nix wie hin!

Als ich am linken Hinterrad des Cabriolets ankomme und ein Pfötchen heben will, steigt der Fahrer aus.

Er hat eine Glatze und trägt eine Jeans, ein buntes Halstuch, ein rotes T-Shirt und Cowboystiefel. Nachdem er einen Blick auf seine Stiefel geworfen hat, spuckt er kräftig drauf und poliert sie mit seinem Halstuch. Dann bindet er sich das Tuch wieder um und geht mit langsamen Schritten zu Yussufs Haustür. Er klingelt. Und wartet. Und dann klingelt er noch mal.

Und erst jetzt klingelt es endlich bei *mir*: Der Typ mit der Glatze ist Herr Müller!

Nur – Herr Müller ist nicht der Dieb, der die Grüttling-Bilder geklaut hat. Der war viel größer und hatte Haare. Sieht ganz so aus, als sei der Detektivclub dem falschen Mann auf der Spur.

Das heißt – Moment mal! Anscheinend hat der Glatzkopf irgendwas vor. Er kehrt zurück auf den Bürgersteig und guckt sich vorsichtig nach allen Seiten um. Und dann huscht er wieselflink durch die Gartenpforte und verschwindet hinterm Haus.

Was soll ich tun?

Erst mal pinkeln, darum stehe ich schließlich hier am Reifen. Ich hebe das Pfötchen – und falle vor Schreck fast tot um!

Denn plötzlich heult in Yussufs Haus die Alarmanlage los. Und schon kommt Herr Müller aus dem Garten gewetzt, springt in sein Auto und wirft den Motor an.

Jetzt zeig, was du drauf hast, Oberschnüffler!

Ich nehme blitzschnell drei Meter Anlauf und springe auf den Rücksitz. Eine Sekunde später braust das Auto mit Vollgas davon.

Auf dem Rücksitz liegt eine zusammengeknüllte Decke, die nach Hund riecht, und zwar nach einem kleinen dicken Straßenköter mit Sabberschnauze. Ich krieche drunter um mich vor Herrn Müller zu verstecken. Wenn der mich hier hinten entdeckt, schmeißt er mich garantiert in hohem Bogen aus seiner Karre. Und ich bin doch kein Flughund, sondern ein halber Terrier und ein halber – äh – äh ... Ist ja auch egal! Für Diskussionen über Rassenprobleme hab ich jetzt *wirklich* keine Zeit!

Während ich so unbeweglich wie ein Stoffhund unter der Decke liege, zerbreche ich mir den Kopf über das Taxi mit Timo und den anderen Detektiven.

Wieso stand es eben nicht vor dem Haus? Ist das Taxi etwa schon losgefahren, noch ehe Herr Müller aufgekreuzt ist? Auf jeden Fall ist da irgendwas schief gelaufen. Und nun bin ich wohl der Einzige, der rauskriegen könnte, wo die Glatze wohnt.

Wenn ich wissen will, wohin die Reise geht, darf ich allerdings nicht die ganze Fahrt unter der Hundedecke verbringen. Ab und zu muss ich auch einen Blick auf die Straße werfen. Vorsichtig schiebe ich die Schnauze aus meinem Versteck und schiele hinauf zu Herrn Müllers Stiernacken. Der Kerl hat inzwischen ein Tape angeworfen – mit Techno! Die beiden Boxen über mir dröhnen mir fast das Hirn aus dem Schädel.

Ganz langsam krieche ich unter der Decke hervor. Herrn Müller lasse ich dabei keine Sekunde lang aus den Augen. Zum Glück scheint er voll damit beschäftigt zu sein, diesen Riesenschlitten heil durch den Berufsverkehr zu steuern. Also stelle ich mich vorsichtig auf die Hinterpfoten und schaue mich um.

Und was sehe ich? Das Taxi mit den Detektiven! Die sind also doch nicht so dumm, wie ich dachte. Wahrscheinlich war das Taxi in irgendeiner Einfahrt versteckt, als Herr Müller in seinem Cabrio angebraust kam.

Und nun ist das Taxi direkt hinter uns. Vorne neben dem Fahrer sitzt Timo – und reißt total verblüfft die Augen auf, als er mich entdeckt. Ich wackle mit den Ohren, aber Timo winkt nicht zurück. Mit aufgeregten Gesten macht er die anderen auf mich aufmerksam.

Ich halte es für ratsamer, wieder unter der Decke zu verschwinden. Kaum bin ich dort angekommen, als ein Handy in meinem Bauch losklingelt. Oder liegt es auf der Decke? Tatsächlich – Herrn Müllers Pfoten tasten auf mir herum, bis er das Ding gefunden hat.

»Ja?«, meldet er sich mit einer seltsam piepsigen Stimme, die eher zu einem Pekinesen passen würde.

»Nein, ich hab keine Bilder von Grüttling gesehen«, fährt Herr Müller kurz darauf fort. »Es war niemand zu Hause.« Kurze Pause. »Wie bitte? Ich hätte einen Blick in die Gemächer riskieren sollen?« Müller lacht. »Was meinst du, was ich versucht habe, du Schlauberger? Aber ich hab die Scheibe von der Verandatür nur angehaucht und schon ging die Alarmanlage los.«

Herr Müller quatscht noch ein Weilchen weiter. Dann brummt er »Bis gleich!« und wirft das Handy zurück auf die Decke – direkt auf meinen Kopf! Ich jaule laut auf.

»Halts Maul, Tiger!«, ruft Herr Müller nach hinten.

Tiger? Da muss wohl 'ne leichte Verwechslung vorliegen. Immerhin weiß ich jetzt, wie das Sabbermaul heißt, dem die Decke gehört.

Einige Minuten später kichert Herr Müller drauflos und murmelt: »Ach nee, du bist ja gar nicht an Bord, Tiger!«

Damit ist eins klar, Leute: Herr Müller kann schneller Auto fahren als denken. Eigentlich müsste es für die schlauen Detektive und ihren oberschlauen Oberschnüffler ein Kinderspiel sein, der Glatze und seinem Kumpan das Handwerk zu legen.

Plötzlich macht Herr Müller eine Vollbremsung. Und dann schimpft er wie ein Rohrspatz drauflos. Ein anderer Autofahrer schimpft zurück. Ich nutze die Gelegenheit um mich noch mal schnell auf die Hinterpfoten zu stellen und nach Timo zu schauen.

Oh Gott!

Ich kann schauen, wohin ich will: Das Taxi ist verschwunden. Bei diesem Wahnsinnsverkehr ist es auch so gut wie unmöglich, ein Auto zu verfolgen. Na prima! Jetzt muss ich den Bilderdieb ganz alleine verfolgen.

Die Autos hinter uns starten ein Hupkonzert, worauf Herr Müller mit dem Geschimpfe aufhört und weiterfährt. Ich verkrieche mich wieder unter die Decke und höre mir beim Zähneklappern zu. Ja, okay, ich gebs zu: Ich habe Angst, und das nicht zu knapp.

Aber ist Angst nicht dazu da, um besiegt zu werden? Klaro! Und darum fange ich sofort an zu kämpfen.

Kurz darauf gehts abwärts. Es wird dunkel. Am Motorgeräusch ist deutlich zu hören, dass wir in einer Tiefgarage rumkurven. Dann parkt Herr Müller seinen Schlitten, würgt die Musik ab, steigt aus und knallt die Tür zu. Das Klicken seiner Stiefelabsätze entfernt sich in gemächlichem Tempo.

Und ich?

Ich kämpfe immer noch mit der Angst und hab keinen Schimmer, wer von uns beiden gewinnt. Aber wenn ich noch länger hier auf dem Rücksitz liegen bleibe, ist die Glatze gleich verschwunden.

»Wie wärs mit ’nem Waffenstillstand?«, frage ich die Angst. »Wir können ja später weiterkämpfen.«

»Okay«, murmelt die Angst. »Aber damit du mir nicht abhauen kannst, setze ich mich in deinen Nacken.«

»Bitte, nimm Platz!«, fordere ich die Angst höflich auf.

»Danke«, sagt die Angst genauso höflich.

»Keine Ursache«, erwidere ich.

Und jetzt genug gequatscht! Mit einem Riesensatz

springe ich aus dem Wagen und erledige schnell ein wichtiges Geschäft: Ich pinkle ans linke Hinterrad.

Und erst dann mache ich mich auf die Suche nach Herrn Müller.

Eine Minute später habe ich ihn gefunden.

Er steht vor dem Lift, ballert mit der Faust gegen die Tastatur und flucht vor sich hin. Kann der Kerl nicht lesen? Direkt vor seiner Nase hängt ein Zettel. Ist doch klar, dass da AUFZUG DEFEKT draufsteht und nicht MITTAGSPAUSE. Es dauert eine halbe Ewigkeit, bis Herr Müller endlich den Zettel entdeckt. Nach einem kräftigen Tritt gegen die Aufzugstür stapft der Glatzkopf davon in Richtung Treppenhaus.

Und ich laufe ihm hinterher.

Die Angst in meinem Nacken hat was dagegen, dass ich Herrn Müller zu nahe auf die Pelle rücke. Also lasse ich ihm beim Treppensteigen mindestens eine Etage Vorsprung. Es ist auch gar nicht nötig, ihn im

Auge zu behalten. Schließlich sind alle Hunde serienmäßig mit superempfindlichen Ohren ausgestattet, sogar Terrier- und Dackelmischlinge wie ich. (Oh Gott – ich hab mich verraten!) Herrn Müllers Stiefelabsätze machen so viel Krach, dass sie wahrscheinlich bis ans andere Ende der Stadt zu hören sind.

Die Stufen nehmen kein Ende, ächz! Das muss ein Wolkenkratzer sein, allerdings ein ziemlich schäbiger. Das Treppengeländer ist total verrostet. Und von den Wänden blättert der Putz ab. Es sieht ganz so aus, als würden hier ...

Moment mal! Was ist denn plötzlich mit den Cowboystiefeln?

Ich bleibe stehen und lausche. Tatsächlich – von den Absätzen ist nichts mehr zu hören. Aber weiter oben klimpert gerade jemand mit einem Schlüsselbund und kurz danach fällt eine Tür ins Schloss. Scheint so, als sei Herr Müller in seiner Wohnung angekommen. Nun muss ich nur noch rausfinden, wo die ist.

Auf Samtpfoten schleiche ich die Stufen zum nächsten Stockwerk hinauf. Dann spähe ich vorsichtig um die Ecke. Oh Mann, das darf ja wohl nicht wahr sein: Vor mir liegt ein endloser Flur mit mehreren Dutzend Türen.

Jetzt heißt es schnüffeln, Oswald!

Ich laufe zur ersten Tür und halte mein empfindlichstes Körperteil in die Ritze. Nein, was ich da schnuppere, kommt mir nicht bekannt vor. Also ab zur nächsten Tür.

Und so arbeite ich mich langsam durch bis zum Ende des Flurs. Ob Herr Müller vielleicht gar nicht hier wohnt, sondern eine oder zwei Etagen höher? Dann müsste ich ja weiterschnüffeln, bis mir die Nase abfällt.

Aber zum Glück hab ich Glück: Was ich an der vorletzten Tür rieche, macht mich stutzig. Den kenne ich doch, diesen Geruch! Woran erinnert er mich bloß?

Na klar – an die Decke auf dem Rücksitz, unter der ich mich eben im Auto versteckt habe. Das muss der Geruch von Tiger sein, mit dem mich Herr Müller verwechselt hat.

Zu welcher Rasse dieser Tiger gehört, konnte ich nicht herausschnüffeln. Na ja, wenn er genauso dämlich wie sein Herrchen ist, muss Tiger ein Pekinese sein. (Falls einer von euch übrigens glaubt, ich könne Pekinesen nicht ausstehen – tja, dann glaubt er richtig!)

Okay, jetzt weiß ich, wo Herr Müller wohnt, und kann die Detektive direkt bis vor seine Tür führen. Nur – wie soll ich mir den Weg hierhin merken?

Ich lasse mich auf den Hinterpfoten nieder und zerbreche mir den Kopf. Eins ist klar: Wenn ich jetzt einfach abhaue, finde ich nie mehr hierher zurück. Aber wenn ich hier sitzen bleibe, bin ich spätestens nach drei Tagen verhungert und verdurstet. Was soll ich nur tun?

»Guck mal, Mama!«, höre ich auf einmal eine Kinderstimme am anderen Ende des Flurs. Neugierig drehe ich mich um. Ich sehe einen kleinen Jungen neben seiner Mutter stehen. Der Wicht glotzt mit ängstlicher

Miene in meine Richtung und fragt: »Ist das der böse Wolf aus dem Märchen, Mama?«

Hä? Warum stellen Kinder immer so blöde Fragen?

»Ja, das ist der böse Wolf«, behauptet die Mutter allen Ernstes und schließt ihre Tür auf. »Und wenn du nicht jeden Morgen brav dein Müsli futterst, dann kommt der Wolf und frisst deinen Teddybär.«

Stimmt, Kleiner! Und zum Nachtisch verputzt der Wolf deine schwachsinnige Mutti. Warum geben Erwachsene immer so blöde Antworten?

Die beiden verschwinden in ihre Wohnung. Und der böse Wolf aus dem Märchen überlegt weiter, wie er die Detektive ...

Märchen?!?

Na klar, das ist die Lösung: Hänsel und Gretel und ihr genialer Trick mit den Kieselsteinchen. Wow, das ist es!

Die Sache hat nur einen kleinen Haken: die fehlenden Steinchen. Ich müsste was anderes hinter mir herstreuen, aber was? Ich hab doch nichts dabei, was ich unterwegs verlieren könnte – außer ein paar Tröpfchen.

Hm, Tröpfchen statt Steinchen ... Könnte das funktionieren? Höchstens, wenn ich unterwegs an einer Tankstelle vorbeikomme.

Ich stelle mich an Herrn Müllers Wohnungstür und hebe eine Hinterpfote. Dann laufe ich zur Treppe und lasse eine Duftmarke an der Wand zurück. Anschließend hopple ich die Stufen hinunter, stelle mich vor die

Haustür und warte darauf, dass irgendjemand rein- oder rauskommt, damit ich aus dem Haus schlüpfen kann.

Einige Minuten später erscheint ein alter Mann vor der Tür und schließt sie auf. Ich husche flink zwischen seinen Beinen auf die Straße. Nachdem die Tür ins Schloss gefallen ist, begieße ich sie mit ein paar Tröpfchen.

Vor dem Haus schaue ich mich nach allen Seiten um. Nein, die Gegend hier kommt mir kein bisschen bekannt vor. Also bleibt mir nichts anderes übrig, als mich für irgendeine Richtung zu entscheiden. Mit ein bisschen Glück entpuppt sie sich vielleicht als die richtige.

Ich laufe los und starte meine Hänsel-und-Gretel-Gießaktion: An jedem zweiten Laternenpfahl mache ich Halt, hebe eine Hinterpfote und lasse ein paar Tropfen fallen. Und das wird mit der Zeit ganz schön anstrengend, Leute – nicht nur für die Hinterpfoten.

Einige Straßen weiter komme ich an einem kleinen Brunnen vorbei. Ich bleibe stehen und saufe ihn fast leer. Dann setze ich meinen Weg mit einem glucksenden Wasserbauch fort.

Etwa zwei Stunden und 139 gewässerte Laternen später erreiche ich endlich vertrautes Gebiet: den Ostpark. Wenn ich nicht total ausgepumpt wäre, würde ich vor Freude in die Luft springen. Hier in der Nähe wohnt nämlich Maruscha und wenn ich gleich bei ihr auftauche, bringt sie mich bestimmt sofort nach Hause.

Mit letzter Kraft schleppe ich mich durch den Park. Mein Magen ist genauso leer wie meine Blase. Wenn Maruscha nichts zu fressen für mich hat, dann stürze ich mich auf Coras Katzenfutter und ...

Hey, ich rieche was, was du nicht riechst, und das ist süß. Ich folge diesem Duft – und was entdecke ich hinter einer Bank, auf der zwei Frauen sitzen?

Zuckerwatte – geil!

Ich bohre meine Schnauze in die Watte und verputze das Zeug im Nu. Anschließend will ich meinen Weg fortsetzen – als die beiden Frauen plötzlich aufspringen, mich entsetzt anstarren und draufloskreischen.

»Das ist der Dackel, der in der Zeitung stand!«, quiekt die eine und wird leichenblass. »Der mit der Tollwut!«

»Hilfe! Hilfe!«, brüllt die andere Frau immer wieder.

Ich stand in der Zeitung? Wow! Dann bin ich ja richtig berühmt. Und ein Star muss seinen Fans genau das bieten, was sie von ihm erwarten.

Also lege ich los mit meiner Tollwut-Show. Ich fletsche die Zähne, verdrehe die Augen und knurre wie verrückt. Und dann hopse ich wie ein durchgeknalltes Känguru um die Frauen herum.

Meine Show kommt prima an: Die beiden Schreihälse drehen fast durch vor Angst. Als ich mich kurz darauf total k.o. verbeuge, warte ich allerdings vergeblich auf Applaus. Na ja, zugegeben: Für eine Zugabe wäre ich sowieso viel zu erschöpft.

Während seine Fans vor Begeisterung brüllen, macht sich Superstar Oswald auf den Weg zu Maruscha.

Schon aus zwanzig Metern Entfernung kann ich erkennen, dass auf der Wiese neben Maruschas Haus gerade eine Trauerversammlung stattfindet.

Im Halbkreis hocken dort fünf trübe Tassen zusammen und brüten stumm vor sich hin. Tja, trotz Taxi, Handy, Kamera und Skates ist ihnen Herr Müller durch die Lappen gegangen – während der geniale Oberschnüffler dem Glatzkopf auf der Spur geblieben ist.

Mit lautem Gebell laufe ich auf meine niedergeschlagenen Clubkollegen zu. Und sofort kommt wieder Leben in die Trauerklöße, vor allem in ihre Lippen: Alle springen auf und quatschen aufgeregt durcheinander.

»Oswald!«, schreit Timo und drückt mich so fest an sich, dass ich keine Luft mehr kriege. »Wo kommst du denn her, Dicker?«

»Von Herrn Müller, wetten?«, sagt Maruscha, die mich als Nächste an sich quetscht. Danach sind Isabel und Sven an der Reihe. Und sogar Yussuf kann es nicht lassen, mir ein paar Begrüßungsklapse auf den Rücken zu geben.

»Meint ihr wirklich, dass er von Herrn Müller kommt?«, fragt Isabel in die Runde. »Dann könnte Oswald uns vielleicht zu ihm führen.«

»Glaub ich kaum«, murmelt Yussuf mit skeptischer Miene.

»Klar kann er das!«, behauptet Maruscha. »Oswald ist doch der schlaueste Hund von ganz Düsseldorf.«

Na ja, im Augenblick bin ich eher der schlappste Hund von ganz Düsseldorf. Und um das allen deutlich zu zeigen, lasse ich mich auf die Wiese fallen und strecke alle Viere von mir.

»Der arme Kerl ist ja völlig geschafft«, sagt Isabel und krault meinen Bauch. »Er hat bestimmt einen Wahnsinnshunger.«

Und schon düst Maruscha hoch in ihre Wohnung und kommt kurz darauf mit vier superdicken Frikadellen und einer Schüssel Wasser zurück. Ich mache mich sofort über die leckeren Megaklopse her.

»Wenn du uns zu Herrn Müllers Wohnung führst, spendieren dir meine Eltern garantiert zwanzig Rumpsteaks«, meint Isabel.

Sven runzelt die Stirn. »Woher wollt ihr denn wissen, dass dieser Glatzkopf tatsächlich die Bilder geklaut hat?«

»Weil er bei uns einbrechen wollte, du Knalltüte!«, antwortet Yussuf. »Hast du etwa die Alarmanlage nicht gehört?«

»Vielleicht hat er nur gegen die Scheibe geklopft, weil ihm vorne an der Haustür keiner aufgemacht hat«, vermutet Sven.

Nachdem ich alles aufgefuttert und die Wasserschüssel leer geschlabbert habe, bin ich fit genug um mir die zwanzig Rumpsteaks zu verdienen.

»Gehts los, Oswald?«, fragt Timo und guckt mich genauso erwartungsvoll an wie seine Mitschnüffler.

Ich marschiere los in Richtung Ostpark, gefolgt von sämtlichen Mitgliedern des XY-Detektivclubs. Als wir bald darauf den Ostpark verlassen haben und ich damit anfange, an jedem zweiten Laternenpfahl zu schnuppern, sind die Detektive baff.

»Was macht er denn da, Timo?«, will Isabel von meinem Herrchen wissen.

»Schnüffeln, siehst du doch!«, antwortet Yussuf an seiner Stelle. »Der hat bestimmt keinen blassen Schimmer, wo dieser Herr Müller wohnt. Und wir sind so blöd, durch die ganze Stadt hinter ihm herzulatschen.«

Timo wirft ihm einen grimmigen Blick zu. »Tu mir einen Gefallen und halte mal zehn Minuten lang die Klappe.«

»Unmöglich«, seufzt Yussuf.

Maruscha schnallt als Erste, was meine Schnüffelei zu bedeuten hat. Ungefähr nach der 43. Laterne klatscht sie in die Hände und ruft: »Ich habs, Leute: Oswald hat eine Spur gelegt!«

»Hä?«, macht der Detektivchor.

»Von Herrn Müllers Wohnung bis hierher hat er in regelmäßigen Abständen seine Duftmarke versprüht.«

»Na klar!«, spottet Yussuf. »Und nächsten Monat macht Oswald Abitur.« Er tippt sich an die Stirn. »Ihr habt sie echt nicht mehr alle! Auf so eine superschlaue Hänsel-und-Gretel-Idee würde er niemals kommen. Oswald ist nur ein Dackel und kein Nobelpreisträger.«

Ich bin nur ein WAS?!?

Kochend vor Wut bleibe ich stehen und erstarre zu Stein.

»Was ist denn plötzlich mit eurem Superhund los?«, ruft Yussuf grinsend aus. »Hat er etwa seine Pissfährte verloren?«

»Keine Ahnung«, meint Timo, der seine saudummen Computerspiele anscheinend besser kennt als mich.

Isabel und Maruscha beweisen, dass zarte Hundeseelen besser von Mädchen als von Jungs verstanden werden. »Er ist beleidigt«, verkündet Maruscha, worauf Isabel nickt und zu Yussuf sagt: »Wenn Oswald ein Dackel ist, bist du ein Affe. Los, entschuldige dich bei ihm!«

Yussuf guckt so verdattert, dass er in diesem Augenblick tatsächlich wie ein Affe aussieht. Dann bückt er sich zu mir runter, zeigt auf meine Lauscher und fragt die Mädels: »Sind das Dackelohren oder nicht?«

»Na ja ...«, antwortet Isabel ausweichend.

Nun meldet sich Timo zu Wort. »Oswalds Vater ist ein Terrier. Und seine Mutter, die ist ...«

Ich warne ihn mit einem leisen Knurren.

»Seine Mutter kenne ich nicht«, behauptet Timo schnell und zwinkert dabei Maruscha zu.

»Jetzt entschuldige dich endlich bei Oswald!«, fordert Sven Yussuf auf. Der will was Gepfeffertes darauf erwidern, aber ein Blick auf Svens grimmige Miene erinnert ihn wohl an ihre letzte Prügelei. Und diese Erinnerung ist für Yussuf bestimmt nicht sehr angenehm.

»Okay«, seufzt er und krault mich unterm Kinn. »Tut mir Leid, Oswald. Keine Dackeleien mehr – versprochen!«

Yussuf nimmt meine Pfote und schüttelt sie kräftig. Und dann nehme ich auch was, nämlich Yussufs Entschuldigung an.

Und danach wird der Laternenslalom fortgesetzt.

Nach einer halben Ewigkeit kommen wir endlich vor dem Hochhaus an, in dem die Glatze wohnt.

Timo studiert die Namen neben den Klingeln. »Hier gibts keinen Müller. Aber wahrscheinlich war das sowieso nicht sein richtiger Name.«

»Sollen wir reingehen?«, fragt Maruscha.

»Natürlich!«, sagt Isabel und schon drückt sie mit ihrem Unterarm auf mindestens zehn Klingeln gleichzeitig.

Mehrere Stimmen melden sich in der Sprechanlage, alle mit demselben Wort: »Ja?«

»Reklame!«, flötet Isabel.

Eine Sekunde später sind wir im Haus.

»Und jetzt, Oswald?«, fragt mich mein Herrchen.

Tja, jetzt sind stramme Beinmuskeln gefragt, weil wir endlos Treppen steigen müssen. Und wenn wir unterwegs nicht vor Erschöpfung zusammenbrechen, stehen wir in ein paar Minuten vor Herrn Müllers Wohnungstür.

Die Besteigung des Treppenhauses wird zur Enten-

Polonäse: Enterich Oswald vorneweg, die Detektive wie Küken hinter mir her.

Auf jeder neuen Etage schnüffele ich nach meiner Duftmarke – vergeblich. Timo und die anderen werden langsam nervös. Ich auch.

»Wer weiß, wo der uns hinführt«, meckert Yussuf.

»Wahrscheinlich in den Himmel!«, stöhnt Sven, der mit seinen langen Beinen immer drei Stufen auf einmal nimmt. »So viele Treppen hintereinander sollten echt verboten werden.«

Endlich erreichen wir das richtige Stockwerk. Und am Ende des Flurs lasse ich mich total k.o. vor Herrn Müllers Türe fallen.

»Meint ihr, wir sind hier richtig?«, fragt Timo leise die anderen.

Yussuf zeigt auf die Tür. »Wieso ist da kein Namensschild dran? Also ich finde das schon reichlich verdächtig.«

»Blödsinn!«, zischt Sven.

»Ich würde schon gern wissen, wer hier wohnt«, flüstert Maruscha.

»Ich auch«, meint Isabel – und drückt schnell auf die Klingel.

Sven stößt sie in die Rippen. »Bist du wahnsinnig?«

»Pscht!«, kommandiert der kreidebleiche Timo.

Wir warten. Nichts passiert. Isabel klingelt noch mal.

»Was sagst du denn dem Typen, wenn er aufmacht?«, will Sven von Isabel wissen.

»Hallo«, antwortet Isabel lächelnd. Sie tut nur so, als sei sie total locker drauf. In Wirklichkeit ist sie mindestens genauso nervös wie Sven und die anderen; das erkenne ich daran, wie sie ihre Finger knetet.

»Keiner da«, meint Yussuf nach einer Weile, worauf die anderen erleichterte Blicke wechseln.

»Los, hauen wir ab!«, schlägt Sven vor und macht sich auf den Weg zum Treppenhaus.

Ich und die anderen wollen ihm folgen, als Isabel plötzlich ruft: »Wartet mal!«

Wir bleiben stehen.

»Was haltet ihr davon, wenn wir ...« Isabel stockt. »Ich meine, sollten wir Herrn Müller nicht trotzdem einen Besuch abstatten?«

Timo fällt fast das Kinn auf die Zehen. »Du willst bei ihm einbrechen?«

»Erraten!«, antwortet Isabel mit einem spitzbübischen Grinsen. »Warum sollen wir nicht die Bilder zurückklauen, die er meinen Eltern gestohlen hat?«

»Du spinnst!«, knurrt Sven. »Woher willst du denn wissen, dass die Glatze tatsächlich der Dieb ist?«

Wenn ich reden könnte, würde ich jetzt natürlich erzählen, was ich weiß: dass Mister Glatzkopf zwar nicht selbst die Grüttlings geklaut, aber auf jeden Fall was mit dem Diebstahl zu tun hat. Mit Bellen, Knurren und Jaulen oder irgendwelchen pantomimischen Verrenkungen könnte ich das den Kids allerdings wohl kaum verklickern. »Also, was ist?«, fragt Isabel in die Runde. »Macht ihr mit oder nicht?«

»Natürlich nicht!«, antwortet Sven heftig. »Wenn wir erwischt werden, ist die Hölle los.«

»Reg dich ab«, meint Yussuf. »Wir kämen ja sowieso nicht in die Wohnung rein. Guckt euch mal die drei Schlösser an. Kann die etwa einer von euch knacken? Na also! Solche Türen können nur Profis aufbrechen. Vielleicht steht die Klinke sogar unter Strom.«

Mit zwei Fingern drückt Yussuf ganz vorsichtig die Klinke runter – und prompt stehen die fünf Schnüffler und ihre Obernase unter Strom. Die Tür war nämlich nicht abgeschlossen! Und jetzt steht sie einen Spaltbreit offen.

Die Detektive starren sich total baff an. Plötzlich sind Schritte im Treppenhaus zu hören.

»Jetzt oder nie!«, flüstert Isabel und huscht als Erste in die Wohnung.

»Bleib hier!«, zischt Sven, aber da sind ihr die anderen schon gefolgt. Sven presst die Lippen aufeinander, denkt kurz nach und läuft davon – allerdings nur fünf Meter weit. Dann bleibt er stehen, denkt wieder kurz nach und kommt zurück. Und dann holt er tief Luft und geht in die Wohnung.

Und ich marschiere hinter ihm her.

Timo, Yussuf, Isabel und Maruscha stehen ganz eng nebeneinander in der Diele. Sie rühren sich nicht und geben keinen Mucks von sich.

Sven tippt Isabel auf den Rücken. »Wieso steht ihr denn hier im ...«

»Scht!«, macht Isabel und deutet mit dem Zeigefinger auf den Boden. Was gibts denn da zu sehen? Ich stelle mich hinter Timo und schiele zwischen seinen Beinen hindurch.

Oh Gott – ein Pitbull!

Mir rutscht das Herz in den Schwanz. Das muss Tiger sein, der Kampfhund von Herrn Müller.

»Jetzt wissen wir, wieso die Wohnung nicht abgeschlossen war«, flüstert Maruscha.

»Ob der uns hier wieder rauslässt ohne uns in Fetzen zu reißen?«, haucht Yussuf.

Tiger fletscht die Zähne.

»Ein Glück, dass Oswald draußen im Flur geblieben ist«, murmelt Timo. »Das Monster würde ihm garantiert an die Gurgel springen.«

Reizende Aussichten – schluck!

Mit wahnsinnigem Herzklopfen und auf leisesten Pfoten schleiche ich rückwärts zur Tür. Doch als ich nur noch einen halben Schritt von ihr entfernt bin, passiert es: Tiger stößt ein Gebrüll aus, das mir das Blut in den Adern gefrieren lässt. Und einen Atemzug später hat sich der Kampfhund auf mich gestürzt und unter sich begraben.

Ding-dong – mein letztes Stündlein hat geschlagen! Dabei hab ich noch gar nicht mein Testament gemacht.

Die Detektive schreien aufgeregt durcheinander.

»Tut doch was!«

»Warum hilft ihm denn keiner?«

»Er bringt ihn um!«

Doch plötzlich traue ich meinen Ohren kaum: Maruscha und Isabel beginnen zu kichern.

»Guckt mal, der will nur spielen«, höre ich Isabel sagen.

Spielen?!?

Ich krieg kaum Luft, weil dieses Monster mich zerquetschen will! Statt mir kurz und schmerzlos die Kehle durchzubeißen, will mich Tiger langsam zu Tode quälen. Solche brutalen Pitbulls sind schließlich nur zum ...

Hey, Moment mal! Dieser Tiger ist ja gar kein Tiger, sondern eine Tiger*in*! Oder täusche ich mich? Nein, Irrtum ausgeschlossen – ich liege unter einer Pitbull-Dame!

In diesem Augenblick reißt sie ihre Schnauze ganz weit auf. Okay, Oswald, das wars! Ich schließe die Augen und erwarte den tödlichen Biss. Und was passiert? Frau Pitbull schleckt mir mit ihrer Schlabberzunge das ganze Gesicht ab. Igitt!

Mit einem gewaltigen Kraftakt befreie ich mich aus ihrer Umklammerung und rase ins Wohnzimmer. Mit lautem Gebell stürmt Tiger hinter mir her. Dann spielen wir Nachlaufen rund ums Sofa. Und dabei behalte ich die Detektive im Auge, die hoffentlich möglichst schnell die geklauten Bilder aufstöbern.

Maruscha, die am lautesten pfeifen kann, wird raus ins Treppenhaus geschickt. Sobald dort jemand auftaucht, soll Maruscha die anderen warnen. Sven, Isabel und Yussuf durchwühlen in Windeseile die Schränke und Schubladen, während Timo die Videokamera aus dem Rucksack holt und eifrig drauflosfilmt.

Ich drehe Runde um Runde ums Sofa und dabei wird mir immer schwindliger. Schließlich breche ich zusammen und strecke alle Viere von mir. Sofort springt mir die Tigerin auf den Rücken und schmust wie verrückt. Mann, geht die ran! Sogar unser Rasenmäher kann zärtlicher sein als diese Pitbull-Hexe.

In diesem Augenblick klingelt das Telefon. Isabel, die gerade neben dem Apparat steht, zögert keine Sekunde. Sie hebt ab und sagt: »Hallo?«

Yussuf und Timo starren sie erschrocken an.

»Bist du verrückt?«, zischt Yussuf und zeigt Isabel einen Vogel.

Die lässt den Hörer sinken und runzelt nachdenklich die Stirn.

»Wer war dran?«, fragt Timo.

»Keine Ahnung«, sagt Isabel. »Aber die Stimme kam mir irgendwie bekannt vor. Ich könnte schwören, dass ich sie ...«

Ein wahnsinnig lauter Pfiff gellt durchs ganze Haus.

»Das war Maruscha!«, ruft Sven. »Los, schnell raus hier!«

Er und die drei anderen rennen zur Tür. Und ich? Soll ich mich etwa bis zum Ende meiner Tage von dieser Pitbull-Idiotin abknutschen lassen? Mit verzweifeltem Gebell erinnere ich mein Herrchen daran, dass er etwas vergessen hat.

»Oswald!«, schreit Timo und kurz darauf ist er zusammen mit Isabel und Sven zur Stelle. Die drei müssen kräftig zupacken um mich aus den Klauen der Tigerin zu befreien. Zum Abschied reißt mir dieses Monster noch ein Büschel Haare aus dem Fell. Als ich endlich auf Timos Armen in Sicherheit bin, kann ich gar nicht glauben, dass ich dieses Abenteuer lebend überstanden habe.

Die Detektive stürmen aus der Wohnung und knallen die Tür hinter sich zu – keine Sekunde zu spät. Denn genau in diesem Moment erscheint die Glatze am Ende des Flurs. Der leichenblassen Maruscha fällt bei unserem Auftauchen garantiert ein Stein vom Herzen.

Herr Müller geht an uns vorbei ohne uns zu beachten. Kurz darauf hören wir, wie er seine Wohnungstür öffnet.

»Noch mal gut gegangen«, sagt Sven mit zitternder Stimme, als wir bei Maruscha ankommen. »Und jetzt nichts wie weg!«

Wir steigen in den Aufzug und fahren runter. Allen Detektiven steht der Schrecken deutlich ins Gesicht geschrieben. Um ein Haar hätte uns Mister Glatze erwischt!

Nachdem wir das Haus verlassen haben, fragt Maruscha neugierig:

»Na? Wo hatte er sie versteckt?«

»Wovon redest du?«, fragt Timo zurück.

»Von den Grüttlings. Oder habt ihr die Bilder etwa nicht gefunden?«

Yussuf schüttelt den Kopf. »Wahrscheinlich hat Sven Recht gehabt und dieser Herr Müller hat gar nichts mit dem Einbruch zu tun.«

»Der Mann am Telefon ...«, murmelt Isabel und fährt sich durch die Stoppelhaare. »Ich schwörs euch: Die Stimme hab ich schon mal gehört.«

»Was hat er denn gesagt?«, erkundigt sich Sven.

»Nur, dass er sich verwählt hat. Woher kenne ich diese Stimme bloß?«

»Auf jeden Fall wars super, wie Oswald den Kampfhund von uns abgelenkt hat«, sagt Timo und tätschelt mir den Kopf.

»Stimmt«, meint Sven. »Der Pitbull hätte uns zu Hackfleisch verarbeitet, wenn Oswald nicht gewesen wäre. Und darum ernennen wir ihn zum Oberoberschnüffler, okay?«

Alle sind einverstanden – außer Isabel, die gar nichts von Svens Vorschlag mitbekommen hat.

Total weggetreten stiert sie vor sich hin und murmelt immer wieder: »Die Stimme ... die Stimme ...«

Am nächsten Morgen stehe ich in der Zeitung – aber nicht wegen meiner heldenhaften Knutscherei mit Tiger oder meinem genialen Pinkeltrick.

»Geh nicht mehr mit Oswald in den Ostpark«, warnt Timos Vater mein Herrchen, der gerade sein Müsli löffelt.

»Wieso nicht?«

Timos Vater faltet die Zeitung zusammen und trinkt einen Schluck Kaffee. »Ich hab gerade gelesen, dass sich ein tollwütiger Dackel im Ostpark rumtreibt. Gestern hat er zwei Frauen angegriffen. Jetzt wird der Hund von der Polizei gejagt.«

»Hm«, macht Timo nur und guckt auf die Uhr. Dann schaltet er seine Kaumuskulatur zwei Gänge höher. Mein Herrchen konnte mal wieder nicht rechtzeitig aus den Federn kommen und muss sich jetzt sputen.

»Wo hast du gestern eigentlich gesteckt?«, will Timos Mutter von ihm wissen. »Du warst ja erst um halb acht zu Hause.«

»Ich – ich – äh«, stottert Timo, »ich muss jetzt gehen!«

Er springt auf und rast aus dem Esszimmer. Seine Eltern wechseln einen ernsten Blick.

»Er war bestimmt wieder mit diesen lebensgefährlichen Skollertates unterwegs«, vermutet seine Mutter.

»Bollertapes«, verbessert sein Vater.

Und damit ist eins bewiesen: Steuerberater verstehen mehr von Steuern als von Rollsportgeräten.

Wenn die beiden übrigens wüssten, dass ihr lieber Sohnemann gestern in eine Wohnung eingebrochen ist um geklaute Bilder zurückzuklauen – tja, dann würden Timos Herrchen und Frauchen garantiert mit einem Schock zusammenbrechen. Aber zum Glück ist Timo ja so rücksichtsvoll ihnen nichts von seiner Detektivarbeit zu verraten.

Am Nachmittag treffen sich alle Schnüffler bei uns um Kriegsrat zu halten. Außerdem wollen sie sich angucken, was Timo in Herrn Müllers Wohnung gefilmt hat. Kann ja sein, dass die Kamera mehr gesehen hat als die Detektive.

Ich liege faul auf dem sonnigen Fensterbrett im Wohnzimmer, als Timos Freunde eintrudeln. Diesmal will ich bei der Besprechung nichts verpassen und darum von Anfang bis Ende dabei sein.

Zur Begrüßung krault mich jeder Neuankömmling ausgiebig unterm Kinn. Als alle versammelt sind, schaltet Timo den Fernseher ein, startet den Videorekorder und beginnt mit der Vorstellung.

Na ja, ehrlich gesagt hab ich schon bessere Filme gesehen als den von Timo. Er ist so verwackelt, dass man kaum was Richtiges erkennen kann.

»Was ist das denn für 'n Mist?«, schimpft Yussuf. »Wieso hast du denn so aufgeregt mit der Kamera rumgefuchtelt?«

Maruscha nimmt Timo prompt in Schutz. »Hör auf zu meckern, du Spinner!«, faucht sie. »Du hast bei diesem Einbruch sicher genauso gezittert wie wir alle.«

Timo wirft Maruscha einen Blick von der *Wenn-dieser-Blick-sprechen-könnte-würde-er-stundenlang-quasseln*-Sorte zu.

»Okay, ein bisschen mulmig war mir schon in dieser fremden Wohnung«, gibt Yussuf kleinlaut zu. »Aber ich hätte trotzdem die Kamera ...«

»Da war er!«, schreit Isabel plötzlich und springt mit aufgerissenen Augen vom Sofa. »Spul noch mal zurück!«, bittet sie Timo, der sofort gehorcht.

»Stopp!«, brüllt Isabel.

Timo hält das Bild an. Es zeigt ein riesiges Foto, das in Herrn Müllers Wohnzimmer direkt überm Fernseher hängt. Auf dem Foto sind drei Männer in Badehosen zu sehen: der Glatzkopf, ein blonder Langhaardackel mit mächtigen Muskelpaketen und ein Fettsack mit Schnauzer.

Isabel geht zum Fernseher und zeigt auf den Blonden in der Mitte.

»Das ist er!«, verkündet sie grinsend. »Ich wusste doch, dass ich ihn kenne.«

»Wen?«, fragt Sven.

»Den Mann, der gestern angerufen hat, als wir in der Wohnung waren.«

»Nun sag schon, wer das sein soll«, drängt Maruscha.

»Marcel, der neue Masseur meiner Mutter«, lässt Isabel die Bombe platzen. »Ein total schmieriger Typ, den ich noch nie leiden konnte. Aber meine Mutter findet ihn wahnsinnig nett.«

»Wenn wir ihr erzählen, dass er was mit den geklauten Bildern zu tun hat, wird sie ihn wohl nicht mehr besonders mögen«, meint Sven und kratzt sich an seinem langen Hals.

»Habt ihr 'ne Ahnung!«, seufzt Isabel. »Meine Mutter würde uns kein Wort glauben. Jedenfalls nicht, solange wir keine Beweise haben.«

»Dann müssen wir ihr eben welche liefern«, sagt Timo, worauf Maruscha fragt: »Und wie?«

Timo legt seine Stirn in Falten und denkt nach. Kurz darauf erhellt sich seine Miene. »Ich hab eine Idee!«, verkündet er.

»Lass hören!«, drängt Yussuf, worauf Timo den anderen Detekiven seinen Plan erläutert.

Bei den ersten Sätzen höre ich noch zu, aber nach einem Blick auf die Straße falle ich plötzlich fast vom Fensterbrett. Denn wer stolziert da draußen auf dem Bürgersteig zusammen mit ihrem Frauchen vorbei?

Jaqueline!

Mein Herz rast drauflos. Die süße Chow-Chow-Dame habe ich seit unserer ersten Begegnung nicht mehr wieder gesehen. Aber meine Liebe zu ihr ist immer noch so groß wie – äh – äh ... Vor Aufregung fällt mir jetzt nichts Passendes ein.

Außerdem ist sowieso keine Sekunde Zeit zu verlieren. Ich springe in den Garten, renne durch die offene Gartentür auf die Straße und halte nach Jaqueline Ausschau. Aha, da ist sie! Sie steht am Straßenrand, spreizt ihr zierliches linkes Hinterpfötchen leicht ab und lässt ein paar ihrer umwerfend duftenden Tröpfchen auf ein Grasbüschel fallen.

Kaum hat sie das Grasbüschel verlassen, als ich schon zur Stelle bin und meine Nase in diese nasse Angelegenheit stecke. Ich atme ganz tief ein. Wow, was für 'n Duft! Da könnte man glatt süchtig nach werden, Leute.

Nach dieser vollen Dröhnung hefte ich mich an Jaquelines Fersen, die so wunderschön sind, dass man sie eigentlich mit V schreiben müsste. (Wer dieses Wortspiel kapiert, kriegt von mir einen Gummiknochen!) Und weil ich nicht weiß, ob ich Jaqueline jemals wieder sehen werde, mache ich mich kurz entschlossen an sie ran.

Achtung, alle schüchternen Jungs aufgepasst: Jetzt könnt ihr lernen, wie man sich einem geliebten weiblichen Wesen nähert.

Ich hole Jaqueline ein und marschiere neben ihr her. Dabei starre ich sie ununterbrochen mit leuchtenden Augen an. Das wirkt immer – äh, *fast* immer. Jaqueline würdigt mich keines Blickes. Ist sie etwa blind?

Als wir an einer roten Ampel stehen bleiben müssen, versuche ich es mit einem anderen Trick: Ich pinkle an den nächsten Laternenpfahl. Das wirkt! Jaqueline kommt sofort angelaufen und schnuppert an dem Pfahl. Jetzt ist sie hin und weg, wetten?

Irrtum: Jaqueline verzieht das Näschen und trabt völlig unbeeindruckt zu ihrem Frauchen zurück. So 'ne Kacke! Normalerweise betört mein Duft wirklich *jede* Hundedame.

Ich überquere die Straße an Jaquelines Seite. Als wir drüben sind, greife ich zum allerletzten Mittel um ihre Aufmerksamkeit zu erregen: Oberoberschnüffler Oswald macht sich zum Affen.

Als Erstes schlage ich ein paar Purzelbäume. Anschließend hüpfe ich wie ein Gummiball neben ihr her. Und dann laufe ich auf den Hinterpfoten und applaudiere dabei mit den Vorderpfoten. Und da passiert es endlich – Jaqueline wackelt vor Vergnügen mit ihrem süßen kleinen Schwänzchen.

Gewonnen! – denke ich zwei Sekunden lang. Doch dann entdecke ich, dass sie nicht wegen *mir* wackelt, sondern wegen einem – einem ...

DAS IST DOCH WOHL NICHT ZU FASSEN!

Jaqueline schmeißt sich einem popeligen Pekinesen an den Hals. Einem Pekinesen!

Anscheinend kennt sie diesen Schnösel schon länger. Wahnsinn – Jaquelines Freund ist Pekinese! Vor lauter Verzweiflung beiße ich mir selbst in den Schwanz und mache mich dann todtraurig auf den Heimweg.

Na, schüchterne Jungs, habt ihr gut aufgepasst? Dann vergesst bitte schnellstens, was ihr soeben bei mir gelernt habt – vor allem die Pinkelei an die Laterne.

Zwei Tage später futtert Timo beim Mittagessen seinen Teller im Rekordtempo leer. Danach verzieht er sich sofort in sein Zimmer.

Höchst verdächtig, diese Eile! Mein Herrchen hat irgendwas vor, wetten?

Als ich in seine Bude komme, sitzt er auf dem Bett und packt gerade die Videokamera in den Rucksack.

»Heute kann ich dich wirklich nicht mitnehmen, Oswald«, sagt er und streichelt mir über den Kopf.

Wieso nicht? Mit schiefem Kopf schaue ich Timo tief betrübt an. Einen noch traurigeren Hundeblick werde ich wahrscheinlich nicht mal auf meiner eigenen Beerdigung zustande kriegen. Aber Timo bleibt hart.

»Tut mir Leid, Dicker! Aber gleich gehts wirklich um die Wurst. Und da würdest du uns nur im Weg rumstehen.«

Aha, die Detektive wollen heute versuchen dem Masseur von Isabels Mutter auf die Spur zu kommen. Und dabei gehts nicht nur um die Wurst, sondern um zwanzig Rumpsteaks – meine Belohnung, wenn ich den Bilderdieb schnappe.

Timo hat inzwischen seine Skates aus dem Schrank geholt und in seinem Rucksack verstaut.

»Telefon, Timo!«, ruft in diesem Augenblick Frau Dölling aus dem Flur. (Hab ich überhaupt schon mal ein Wort über diese Frau Dölling verloren? Nein? Macht nichts, Leute, da habt ihr nicht viel verpasst. Frau Dölling kommt jeden Tag von neun bis vier und ist gleichzeitig Putzfrau, Köchin, Timos Kindermädchen – und Hundehasserin. Sie kann mich auf den Tod nicht ausstehen. Ich sie aber auch nicht. Und darum wird Frau Dölling in diesem Buch nur dann erwähnt, wenn es sich nicht vermeiden lässt.)

»Ich hab jetzt keine Zeit!«, ruft Timo zurück, aber Frau Dölling wiederholt ungerührt: »Telefon, Timo!«

Mein Herrchen stöhnt auf und stürzt aus dem Zimmer. Und ich stürze mich auch, und zwar auf die Skates. Blitzschnell zerre ich einen nach dem anderen aus dem Rucksack und verstecke sie unter Timos Bett. Und dann – ruck, zuck – schlüpfe ich in den Rucksack, in dem außer der Videokamera noch Timos Schwimmklamotten drin sind. Ich mache es mir auf dem Frotteebadetuch einigermaßen bequem.

Kurz darauf kommt Timo zurück ins Zimmer. Zum Glück hat ers mächtig eilig und wirft keinen Blick mehr in den Rucksack, ehe er ihn zumacht. Nachdem er ihn sich über die Schulter gehängt hat, verlässt er im Eiltempo das Haus.

»Wo willst du hin?«, schreit Frau Dölling aus irgendeinem Fenster hinter uns her.

»Weg!«

»Wohin denn?«, schreit Frau Dölling noch lauter – und verabschiedet sich damit endgültig aus diesem Buch.

Im Rucksack ist ein winziges Loch, das ich mithilfe meiner Eckzähne so weit vergrößere, dass ich mit einem Auge durchgucken kann. Schließlich will ich wissen, wos langgeht.

Timo bleibt an einer Haltestelle stehen und wartet auf die nächste Straßenbahn. Mit dieser Bahn fahren wir nur zwei Stationen und steigen dann um. Eine Viertelstunde später wechseln wir schon wieder die Bahn. Und anschließend gehts mit einem Bus weiter.

Soll das vielleicht 'ne Weltreise werden?

Als Timo schließlich nach einer halben Ewigkeit aus dem Bus steigt, erwarten ihn die anderen Detektive an der Haltestelle.

»Wo ist Oswald?«, wird er von Maruscha begrüßt.

»Zu Hause«, lügt mein Herrchen ohne es zu wissen. »Der hätte uns nur im Weg rumgestanden.«

»Quatsch!«, widerspricht Isabel. »Ohne ihn wären wir dem Masseur meiner Mutter niemals auf die Schliche gekommen.«

»Was heißt Schliche?«, meint Sven. »Wir haben doch überhaupt keinen Schimmer, ob dieser Marcel was mit den geklauten Bildern zu tun hat.«

Yussuf zieht eine Flappe. »Wenn wir hier stundenlang rumstehen und quatschen, werden wir das auch nie rausfinden. Los, gehen wir!«

Die Schnüffler setzen sich in Gang. Ich hab keine Ahnung, in welchem Stadtteil wir uns befinden. Durch mein Guckloch erkenne ich nur viel Grün und ein paar Hochhäuser.

Aus ihren Gesprächen wird mir nach und nach klar, was die Detektive vorhaben.

Dieser Marcel war gestern zu Hause bei Isabel um

ihre Mutter zu massieren. Das bedeutete, dass seine Jacke eine Stunde lang einsam an der Garderobe im Flur hing. Isabel hatte es allerdings weniger auf die Jacke als auf ihren Inhalt abgesehen. Ein schneller Griff – und schon hatte sie sich Marcels Schlüsselbund ausgeliehen. Und damit spurtete sie zum nächsten Schlüsseldienst und ließ sich alle Schlüssel nachmachen.

Tja, und nun sind Timo und seine Freunde auf dem Weg zu Marcels Wohnung um dort nach den Bildern zu suchen. Ist das eigentlich ein Detektivclub oder eine Einbrecherbande? Egal – Hauptsache, ich bin dabei!

»Hier muss es sein«, verkündet Isabel schließlich und steuert zusammen mit den anderen auf eine Haustüre zu.

»Wie heißt er mit Nachnamen?«, fragt der lange Sven.

»Prollberg.«

Sven zeigt auf eins der Namensschilder neben den Klingeln. »Er wohnt in der ersten Etage.«

»Prima!«, freut sich Yussuf. »Dann sind wir ja schnell verschwunden, wenn jemand kommt. Wer passt draußen auf?«

»Ich«, sagt Isabel. »Ihr kennt Marcel ja gar nicht.«

Yussuf überreicht ihr sein Handy. »Weißt du, wie das Ding funktioniert?«

Isabel nickt. »Sobald Marcel auftaucht, rufe ich euch an. Seine Nummer hab ich aus dem Telefonbuch.«

»Was ist mit der Kamera, Timo?«, will Maruscha wissen.

Mein Herrchen schnallt den Rucksack ab, stellt ihn auf die Erde und öffnet ihn. Ich verstecke mich unter dem Badetuch. Da Inline-Skates leider kein Fell haben, darf Timo mich auf keinen Fall berühren, sonst bin ich geliefert. Aber er schnappt sich nur schnell die Kamera und schnürt den Rucksack wieder zu. Puuh!

»Hier«, sagt er zu Sven und drückt ihm die Kamera in die Hand. »Ich bin so nervös, dass ich mit dem Ding bestimmt genauso schlimm wackeln würde wie vorgestern.«

Sven setzt ein schiefes Grinsen auf. »Meinst du etwa, ich bin nicht nervös, du Komiker?«

»Vielleicht sollten wir die ganze Aktion lieber abblasen«, schlägt Maruscha vor. Ihre Unterlippe ist knallrot, weil sie fast ununterbrochen darauf herumkaut. »Ich hab ein total mieses Gefühl.«

»Ich auch«, gesteht Isabel. »Die Bilder von diesem Grüttling fand ich sowieso immer scheußlich. Eigentlich sollte ich heilfroh sein, dass sie weg sind.«

Die Detektive schweigen sich eine Weile an und wechseln dabei reichlich verzagte Blicke. Klar, ich könnte es gut verstehen, wenn sie die Kurve kratzen würden. Es gehört schon wahnsinnig viel Mumm dazu, sich in eine fremde Wohnung zu schleichen – zumal diese Wohnung einem Typen gehört, der allem Anschein nach nicht ganz astrein ist.

Schließlich ist es ausgerechnet Timo, der mit entschlossener Stimme verkündet: »Jetzt wird nicht gekniffen, Leute! Wozu haben wir denn unseren Detektivclub überhaupt gegründet? Das ist unser erster großer Fall und wenn wir den vor lauter Schiss vermasseln, können wir unseren Club gleich wieder auflösen.«

»Er hat Recht«, pflichtet Yussuf meinem Herrchen bei. »Los, gehen wir rein! Je schneller wir in der Wohnung sind, umso eher kommen wir da auch wieder raus, stimmts?«

Ohne eine Antwort abzuwarten drückt er auf die Klingel von Marcel Prollberg.

»Wenn er zu Hause ist, hauen wir sofort ab«, flüstert Maruscha.

Aber in der Sprechanlage meldet sich niemand. Yussuf klingelt noch zweimal. Nichts passiert.

»Okay, die Luft ist rein«, sagt Timo. »Her mit den Schlüsseln.«

Isabel gibt Timo die nachgemachten Schlüssel. Drei Stück probiert er vergeblich in der Haustür. Der vierte passt.

»Seid bloß vorsichtig!«, ruft uns die kreidebleiche Isabel hinterher, als wir ins Haus gehen.

»Danke gleichfalls!«, erwidert Yussuf. »Wenn du uns nicht rechtzeitig mit dem Handy warnst, dann ...«

»Jaja, ich weiß Bescheid!«, unterbricht ihn Isabel. »Macht schnell!«

Timo steigt als Erster die Treppe hoch, gefolgt von Maruscha und Yussuf. Als Letzter kommt Sven, der die Kamera angeworfen hat und an sein rechtes Auge presst.

Kurz darauf stehen wir vor Prollbergs Wohnung im ersten Stock. Nachdem Timo sicherheitshalber noch einmal geklingelt hat, lauschen alle mit angehaltenem Atem, ob von drinnen irgendwas zu hören ist.

»Niemand da«, flüstert Yussuf.

Diesmal muss Timo nur zwei Schlüssel ausprobieren und dann ist die Tür offen. Die Detektive zögern keine Sekunde. Wieselflink huschen sie in die Wohnung und machen die Tür hinter sich zu.

»Kein Kampfhund in Sicht?«, fragt Yussuf, nachdem er Licht im Flur gemacht hat.

»Anscheinend nicht«, antwortet Timo. »Los, wir teilen uns auf. Jeder übernimmt ein Zimmer.«

Die Detektive verschwinden in verschiedene Räume. Timo durchsucht das Schlafzimmer. Und dabei geht mein Herrchen nicht gerade zimperlich vor: Er rupft alle Klamotten aus dem Schrank, reißt die Bettlaken ab und rückt dann sämtliche Möbel zur Seite.

Plötzlich schreit Maruscha: »Ich hab was gefunden!«

Timo stürmt sofort aus dem Schlafzimmer – und prallt im Flur mit Yussuf zusammen. Beide gehen zu Boden. Sven, der den Zusammenstoß gefilmt hat, lacht auf.

»Sagt mal, dreht ihr hier einen Laurel-und-Hardy-Film?«, fragt Maruscha kopfschüttelnd. Sie kommt mit zwei Bildern unterm Arm aus der Küche. »Guckt mal, was ich entdeckt habe!«

Timo und Yussuf rappeln sich schnell auf und nehmen die Bilder in Augenschein. Auf beiden steht unten rechts der Name des Malers: Grüttling.

»Das sind die geklauten Bilder!«, jubelt Yussuf. »Das hast du super gemacht!«

Er drückt der verdutzten Maruscha einen dicken Schmatzer auf die Backe – für den ihn Timo aus Eifersucht garantiert erwürgen könnte.

»Das sind nur zwei Bilder«, meint Sven ohne die Kamera abzusetzen. »Geklaut wurden aber sechs. Wo sind die anderen vier?«

»Die werden wir noch finden«, verkündet Timo. »Maruscha haut am besten schon mal ab und bringt die Bilder in Sicherheit.«

Yussuf nickt. »Gute Idee!«

Timo öffnet die Wohnungstür und Maruscha macht sich aus dem Staub. »Warte unten zusammen mit Isabel auf uns!«, ruft Timo hinter ihr her.

»Okay!«

Dass ich alles mitkriege, liegt übrigens daran, dass ich ununterbrochen durch das Loch im Rucksack spähe und die Ohren offen halte. Mann, ist das eine Hitze hier drin! Sogar mein Halsband schwitzt. Wieso merkt Timo nicht, dass er eine Heizung spazieren trägt? Wahrscheinlich deshalb, weil er nur an die Bilder denkt.

Nachdem mein Herrchen die Tür hinter Maruscha geschlossen hat, setzen die Detektive die Suche fort.

Timo macht damit weiter, das Schlafzimmer in ein Schlachtfeld zu verwandeln – ohne Erfolg. Danach geht er in den Flur und durchwühlt einen kleinen Abstellraum.

Doch plötzlich erstarrt er und zischt ängstlich: »Sven! Yussuf!«

Ich spitze die Lauscher – und höre, dass jemand die Wohnungstür aufschließt.

Oh Gott!

Yussuf und Sven, der die Kamera hinter seinem Rücken versteckt, drängen sich an Timo.

»Na sieh mal an: Ich hab Besuch!«, tönt eine tiefe Stimme, deren Besitzer ich leider nicht erkennen kann. »Darf ich mal fragen, was ihr hier zu suchen habt?«

»Wir – wir – äh ...«, stottert Yussuf drauflos.

»Augenblick mal!«, brummt der Mann, dem anscheinend ein bestimmter Verdacht kommt. Ich höre hastige Schritte.

»Scheiße!«, flucht er dann und kehrt schnell zurück in den Flur. »Wo sind die Bilder, verdammt noch mal?«

Keiner der drei macht auch nur einen Mucks.

Der Mann wiederholt die Frage. Und nachdem die Detektive erneut eine Schweigeminute eingelegt haben, packt der Mann mein Herrchen am Nacken. Timo schreit auf.

»Jetzt hört mir mal gut zu, ihr kleinen Idioten! Ihr bringt die Bilder heute Abend um Punkt acht hierher in die Wohnung zurück. Wenn alles klargeht, seht ihr euren Freund gesund wieder. Aber lasst ja die Polizei aus dem Spiel, kapiert? Sonst mach ich Hackfleisch aus dem Bengel!«

»Aua!«, schreit Timo, weil dieser üble Typ wohl noch etwas fester zudrückt. Mein Herrchen fängt leise an zu weinen.

»Habt ihr verstanden oder nicht?«, fragt der Mistkerl, worauf Yussuf mit zitternder Stimme antwortet: »Ja, haben wir.«

»Dann haut endlich ab! Heute Abend um acht sind die Bilder hier, sonst gehts dem kleinen Hosenscheißer an den Kragen. Los, verschwindet!«

Drei Sekunden später fällt die Tür ins Schloss.

»So, und du hörst jetzt sofort auf zu flennen«, schnauzt der Mann Timo an, der daraufhin die Nase hochzieht. »Komm mit ins Schlafzimmer!«

Als er das Chaos entdeckt, das Timo im Schlafzimmer fabriziert hat, flucht der Mann: »Verdammter Mist! Wie siehts denn hier aus? In zwanzig Minuten hast du das alles wieder aufgeräumt, klar? Und danach machen wir eine kleine Spazierfahrt.«

Er knallt die Tür hinter sich zu und schließt sie ab. Timo sinkt aufs Bett und heult Rotz und Wasser. Klar, ich würde mein Herrchen natürlich gerne trösten. Aber ich halte ich es klüger, erst mal auf Tauchstation zu bleiben.

Der arme Timo hört gar nicht mehr auf zu weinen. Ich wusste gar nicht, dass Jungs auch so einen riesigen Tränentank haben wie Mädchen.

Kopf hoch, Junge – Oswald ist bei dir! Und der Oberoberschnüffler wird schon dafür sorgen, dass dir keins deiner roten Härchen gekrümmt wird.

Es dauert eine Weile, bis Timo sich wieder einigermaßen beruhigt hat.

Dann nimmt er den Rucksack ab, stellt ihn neben das Bett und fängt an das Zimmer aufzuräumen. Als Erstes macht er sich an dem riesigen Klamottenberg vor dem Kleiderschrank zu schaffen. Doch kaum hat Timo die Hälfte der Sachen im Schrank verstaut, als die Tür aufgeschlossen wird und der Mistkerl reinkommt.

»Das sieht ja noch genauso aus wie vorhin«, schimpft er.

Und dann fügt er eine winzige Spur freundlicher hinzu: »Nun fang nicht schon wieder an zu heulen. Wenn deine Freunde das tun, was ich ihnen gesagt habe, passiert dir nichts. So, und jetzt machen wir beide einen kleinen Ausflug ins Grüne. Und damit du nicht mitkriegst, wohin die Reise geht, muss ich dir leider die Augen verbinden. So richtig wie im Kino, hahaha!«

Sehr komisch!

Ich höre, wie ein Streifen von einem Klebeband abgerissen wird.

»Und? Tuts weh?«

»Nein«, murmelt Timo.

»Okay, dann zieh jetzt die Sonnenbrille und die Baseballmütze an. Du bleibst neben mir, bis wir im Auto sind, kapiert? Und vergiss deinen Rucksack nicht.«

Er hebt ihn hoch und drückt ihn Timo in die Hand. Dann gehen wir in den Flur. Der Mann lässt Timo dort kurz allein und verschwindet in der Küche.

Als er zurückkommt, sehe ich zum ersten Mal sein Gesicht – und erkenne ihn natürlich sofort wieder. Es ist der blonde Langhaardackel, der auf dem Foto zu sehen ist, das Timo in der Wohnung des Glatzkopfes gefilmt hat, in dem mich die Pitbull-Hexe fast zu Tode geknutscht hat. Oh, sorry, dieser Satz war ja dreimal länger als mein Schwanz. Soll nicht wieder vorkommen, Leute.

Was ich mit dem Bandwurm sagen wollte: Der Mann, der Timo in der Gewalt hat, ist Marcel Prollberg, der Masseur von Isabels Mutter.

Der Typ hat also tatsächlich was mit den geklauten Bildern zu tun. Aber – der Masseur ist nicht der Dieb! Den hab ich ja schließlich gesehen. Es muss also noch einen weiteren Komplizen geben. Und das ist garantiert der dritte Mann auf dem Foto, wetten?

An Prollbergs Seite verlässt Timo die Wohnung. Da

mein Herrchen vorübergehend blind ist, muss ich nun für zwei gucken – und das mit einem Auge!

Viel zu sehen gibts allerdings nicht. Nachdem wir das Haus verlassen haben, steuert Prollberg auf ein Auto zu und schließt es auf.

Timo muss auf dem Rücksitz Platz nehmen. Er legt den Rucksack neben sich. Das Einzige, was ich während der Fahrt beobachten kann, ist ein übervoller Aschenbecher – würg! Er stinkt mir direkt in die Nase und sorgt dafür, dass ich mit einem heftigen Niesreiz kämpfen muss.

Zum Glück gewinne ich den Kampf und bleibe die ganze Fahrt über stumm wie ein Fisch, genau wie mein Herrchen und der Langhaardackel am Steuer. Krach macht unterwegs nur ein Opernsänger im Radio, der sich anhört wie ein kastrierter Pekinese.

Zum Glück dauert die Fahrt nicht ewig.

Nachdem unser Chauffeur den Motor abgewürgt hat, verkündet er schroff: »Wir sind da.«

Timo nimmt den Rucksack.

»Los, Beeilung!«, drängt Prollberg und hilft meinem Herrchen höchst unsanft aus dem Wagen. Dann knallt er die Tür zu.

»Vorwärts!«, kommandiert er. »Und keinen Mucks, sonst werde ich ungemütlich!«

Wir verlassen den Parkplatz, der von ziemlich viel Grün umgeben ist. Leider hängt sich Timo den Rucksack nicht um, sondern lässt ihn an seiner Hand baumeln. Und davon wird mir ganz schön schwindlig.

Wo sind wir denn hier? Im Wald? Nein, jetzt erkenne ich, wo wir uns befinden: in einer Schrebergartensiedlung.

Schrecklich, wie ordentlich all diese Gärten aussehen! Die Wiesen werden wahrscheinlich jeden Morgen von einem Friseur mit der Schere geschnitten. Und Hunden, die so einen Edelrasen häufchenweise versauen, droht garantiert die Todesstrafe.

Die Siedlung ist nicht nur genauso riesig wie der Nordfriedhof, sondern auch genauso tot. Das Lebendigste, was uns begegnet, ist ein furchtbar dünner Opa in Badehose. Er kniet mitten auf dem Weg und streicht seinen Holzzaun an.

Prollberg grüßt den alten Mann höflich und zischt dann Timo zu: »Achtung, jetzt links!«

Wir betreten den Garten nebenan.

»Herrliches Wetter, nicht wahr?«, ruft der Opa.

»Und es soll auch noch bis zum Wochenende so bleiben«, erwidert Prollberg.

Dann höre ich, wie er eine Tür aufschließt. Und kurz darauf sind wir im Gartenhäuschen, in dem es zwei kleine Zimmer gibt.

Timo wird in den hinteren Raum geführt.

»Setz dich aufs Bett!«, brummt Prollberg und zieht die Vorhänge zu. Danach reißt er Timo das Klebeband von den Augen.

»Na, wars schlimm?«, fragt er.

Was soll Timo darauf antworten? Dass das die schönste Entführung seines Lebens war? Mein Herrchen sagt kein Wort und legt den Rucksack neben sich.

Prollberg öffnet einen uralten Schrank und holt ein Paar Handschellen raus. Anschließend fesselt er Timo mit den Händen an die Bettpfosten. »Sei leise und mach keinen Mist, sonst passiert was«, droht Prollberg.

Er geht raus, macht die Tür hinter sich zu und schließt ab. Ich will mich sofort bemerkbar machen, zumal ich ein leises Schluchzen von Timo höre. Doch da klingelt nebenan Prollbergs Handy drauflos. Und ich möchte natürlich gerne wissen, was Prollberg zu erzählen hat.

»Ja? – Nein, ich bin nicht zu Hause. Es gab Ärger: Zwei Bilder sind verschwunden. – Jetzt reg dich wieder ab, ja? Das waren nur irgendwelche Rotzlöffel, die unbedingt Detektiv spielen müssen. Spätestens morgen sind die Bilder wieder da. Ich hab mir nämlich einen von diesen Schnüfflern geschnappt und – Moment mal! Was heißt entführt? Ich behalte ihn nur so lange hier, bis die Idioten die Bilder rausgerückt haben. – Klar, danach machen wir die Fliege. Wird sowieso höchste Zeit, dass wir verschwinden. – Ja, okay. Bis später.«

Aha, die Ganoven wollen sich aus dem Staub machen. Aber das ist mir im Augenblick völlig schnuppe. Jetzt muss ich erst mal Timo trösten, der gerade wieder angefangen hat zu weinen.

Ich mache ein paar Bewegungen – und prompt verstummt Timo. Er grübelt wahrscheinlich darüber nach, wieso seine Skates plötzlich lebendig geworden sind. Ich lasse ein leises Knurren hören.

»Oswald?«, flüstert mein Herrchen aufgeregt. »Bist dus, Oswald?«

Wer denn sonst, hä?

Weil seine Hände an die Bettpfosten gefesselt sind, muss Timo den Rucksack mit den Zähnen aufschnüren. Es dauert eine ganze Weile, bis ich endlich aus meinem Versteck schlüpfen kann.

Oh Gott, wie sieht denn Timo aus? Er hat so rote Augen, dass man ihn glatt mit einem kranken Kaninchen verwechseln könnte. Ich stelle mich mit den Hinterpfoten auf seinen Schoß und lecke ihm die Tränen von den Backen. Igitt! Die schmecken ja total versalzen.

»Du musst Hilfe holen, Oswald!«, flüstert mir Timo ins Ohr. »Wenn gleich die Tür aufgeht, haust du ab, verstanden?«

Verstanden, Boss!

Ich schmuse noch ein bisschen mit meinem Herrchen rum. Eigentlich sind Handschellen ganz praktisch. Wenn ich Timo daheim ein paar Wochen lang damit fesseln würde, könnte ich ihn vielleicht von seiner schlimmen Computersucht heilen.

»Jetzt pass mal ganz genau auf, Oswald«, flüstert Timo. »Sobald du aus dem Gartenhäuschen ...«

Weiter kommt Timo nicht, weil in diesem Augenblick die Tür aufgeschlossen wird. Mit einem Satz springe ich auf den Boden und krieche unters Bett.

»Warum schläfst du nicht ’ne Runde?«, höre ich Prollberg sagen und sehe ihn am Bett vorbeilatschen. Vor dem alten Schrank bleibt er stehen und öffnet beide Türen.

Jetzt oder nie!

Hinter Prollbergs Rücken schleiche ich mich aus der Kammer. Dabei werfe ich einen kurzen Blick auf Timo. Mein Herrchen zwinkert mir zu – das traurigste Augenzwinkern, das ich je gesehen habe ...

Der dünne Opa, der eben seinen Zaun gestrichen hat, steht nun in seinem Garten und futtert einen Apfel. Er guckt mich erstaunt an, als ich aus Prollbergs Hütte komme.

»Nanu, wo gehörst du denn hin?«, will er von mir wissen.

Das kann ich ihm leider nicht erklären. Im Augenblick hab ich nämlich keine Zeit für lange Gespräche. Ich schlüpfe durch die Gartentür, die einen Spalt offen steht, und wetze davon.

»Im gesamten Bereich der Kleingartensiedlung Grafrahter Forst besteht Anleinpflicht!«, brüllt das Skelett hinter mir her.

Der hat vielleicht Nerven, der Mann! Soll ich mir etwa selbst eine Leine um den Hals und das andere Ende um eine meiner Pfoten binden?

Ich laufe und laufe. Aber erst, als ich auf dem Parkplatz ankomme und eine kleine Verschnaufpause einlege, frage ich mich, wo ich eigentlich hinlaufen soll. In dieser Gegend kenne ich mich genauso wenig aus wie in Katzalonien (oder wie das heißt).

Okay, ich könnte natürlich wieder eine Pinkelaktion starten. Doch diesmal würde ich nur drei Laternen weit kommen, weil ich höchstens noch zehn Tropfen im Tank habe. Und Wasser ist weit und breit nicht zu sehen.

Was tun?

Da höre ich, wie ein Auto gestartet wird. Es ist ein schwarzer Sportwagen mit offenem Verdeck. Kurz entschlossen nehme ich Anlauf und springe auf den Rücksitz – und falle vor Überraschung fast in Ohnmacht!

Denn wer sitzt dort bequem in einem samtgepolsterten Körbchen? Der Pekinese, in den Jaqueline verknallt ist! Irrtum ausgeschlossen: Er duftet aus allen Poren nach der süßen Chow-Chow-Dame.

Tja Leute, Zufälle gibts, die gibts gar nicht – außer in Detektivbüchern.

Der Pekinese reißt bei meinem Anblick entsetzt die Augen auf. Wenn er jetzt losbellt, bin ich geliefert. Dann werde ich bestimmt von seinem Herrchen am Nacken gepackt und in einen Flughund verwandelt. Also muss ich versuchen mich bei dem Pekinesen einzuschleimen, damit er ...

»Hey, wer ist denn das?«, ruft in diesem Moment der Mann hinterm Steuer aus.

Mist, er hat mich entdeckt!

Der Mann fährt an den Straßenrand und dreht sich um. Er trägt zwei Ohrringe, allerdings nicht in den Ohren, sondern in Nase und Augenbraue.

»Soll ich ihn rausschmeißen, Santana? Oder ist das ein Freund von dir?«

Während mich Santana nachdenklich mustert, schicke ich ein Stoßgebet zum Himmel und gelobe feierlich: Wenn dieser wandelnde Bettvorleger dafür sorgt, dass ich im Auto bleiben darf, sage ich nie mehr was gegen Pekinesen.

Und siehe da: Mein Gebet wird erhört. Santana beugt sich herüber und schleckt mir ausgiebig die Schnauze.

»Aha, ein Freund«, murmelt Santanas Herrchen lächelnd und fährt weiter.

Ich werfe Santana einen dankbaren Blick zu. Daraufhin springt er aus seinem Körbchen, klettert auf den Vordersitz und kommt mit einem riesigen Schokoknochen im Maul zurück. Er legt den Knochen vor mich hin.

Wow, echt netter Typ, dieser Santana!

Während ich den leckeren Knochen mampfe, frage ich mich: Wieso hab ich eigentlich Pekinesen immer für total bescheuert gehalten? Ganz einfach: weil sie total bescheuert sind! Alle Pekinesen, mit denen ich bisher zu tun hatte, waren total nervige Kläffer. Aber nach der Begegnung mit Santana muss ich umdenken. Denn nun weiß ich: Unter den etwa drei Millionen beknackten Pekinesen gibt es eine Ausnahme.

Und diese Ausnahme besorgt mir noch einen Schokoknochen, nachdem ich den ersten verputzt habe. Ich bin so gerührt, dass ich nicht den ganzen Knochen runterschlinge, sondern ein paar Krümel für Santana übrig lasse. Er leckt sie mit seiner kleinen rosa Zunge auf.

Seit wir die Kleingartensiedlung verlassen haben, fahren wir eine Landstraße entlang. Doch nun kommen die ersten Häuser in Sicht. Und die kenne ich, diese Hochhäuser: Es ist die Siedlung, in der Sven wohnt!

Ich müsste eigentlich sofort aus dem Wagen hüpfen, aber Sprünge aus fahrenden Autos haben nur in Filmen ein Happy End. In der Wirklichkeit dagegen enden sie meist mit gebrochenen Pfoten und blutenden Schnauzen. Wenn das Auto wenigstens etwas langsamer fahren würde! Aber nein, der Wagen rast fast so schnell wie eine Rakete durch die Siedlung.

Da kommt mir Santana zur Hilfe. Bisher dachte ich, Pekinesenköpfe seien zu klein um ein Gehirn darin unterzubringen. Irrtum, Leute! Santana, dem meine Aufregung nicht entgangen ist, hat anscheinend überlegt, warum ich so nervös bin. Und er hat tatsächlich den Grund dafür erraten. Denn plötzlich verlässt er sein Körbchen und steigt seinem Herrchen auf die Schulter.

»Was ist denn los?«, fragt sein Herrchen, worauf Santana zu jaulen beginnt.

»Ah, schon verstanden: Du hast ein Geschäft zu erledigen.«

Und wenige Sekunden später hält das Auto am Seitenstreifen. Ich verabschiede mich schnell von Santana, indem ich kurz meine Nase an seiner reibe. Dann springe ich aus dem Wagen und mache mich auf die Suche nach Svens Haus.

Und das ist verdammt schwer zu finden, weil sich hier alle Häuser so unheimlich ähnlich sehen. Nachdem ich eine Ewigkeit lang durch die Siedlung geirrt bin, sehe ich Svens Fahrrad vor einer Haustür stehen. Es ist unmöglich, seine Schrottkiste mit einem anderen Rad zu verwechseln.

Okay, Svens Haus hab ich gefunden, aber wie soll ich rauskriegen, in welcher Etage er wohnt? Auf die laute Tour?

In diesem Moment öffnet ein rothaariges Mädchen die Tür. Ich schlüpfe an ihr vorbei ins Haus. Und dann gehe ich langsam die Treppe hinauf und belle mir dabei die Kehle aus dem Leib. Eine Wohnungstür nach der anderen wird geöffnet und die Leute beschimpfen mich so laut, dass sich mein Gebell dagegen anhört wie liebliches Nachtigallengeflöte.

»Unverschämtheit!«

»Wem gehört denn dieser Köter?«

»Stopft dem Biest das Maul!«

»Was ist das für ein Lärm?«

»Ruhe, sonst hole ich die Polizei!«

»Ich hab Recht gehabt: Das ist tatsächlich Oswald!«

Der letzte Satz stammt von Maruscha, die zusammen mit Sven aus einer Wohnung gekommen ist und mich auf den Arm nimmt.

»Ich hab dein Gebell sofort erkannt, Dicker!«, behauptet sie und drückt mich ganz fest an sich, während wir in die Wohnung gehen.

Als wir in Svens Zimmer kommen (das nicht viel größer ist als eine Hundehütte), verschluckt sich Yussuf an der Cola, die er sich gerade reinzieht.

»Oswald!«, brüllt er. »Wo kommst du denn her?«

Ehe ich darauf antworten kann, zeigt Isabel auf mich und murmelt: »Die Flusen!«

»Hä?«, macht Sven. »Meinst du die roten Dinger hier?«

Er greift in mein Fell und pflückt dort rote Baumwolle. Ich halte still und gucke mir die zwei Bilder von diesem Grüttling an, die an der Heizung lehnen. Kaum zu glauben, dass Timos Leben genau so viel wert sein soll wie dieses bunte Geklleckse!

»Die Flusen sind aus Timos Rucksack«, sagt Isabel, die total verweinte Augen hat.

Yussuf rutscht vom Fensterbrett. »Soll das heißen, dass – dass Oswald die ganze Zeit bei Timo gewesen ist?«

»Dann hat er ihn bestimmt losgeschickt um Hilfe zu holen«, vermutet Maruscha. »Oswald kann uns zu ihm hinführen. Los, worauf wartet ihr noch? Lasst uns gehen!«

»Du spinnst!«, meint Sven. »Wir sollten endlich die Polizei holen. Das sind richtige Gangster!«

»Und wir sind richtige Detektive!«, erwidert Yussuf entschlossen. »Und wir haben noch bis um acht Uhr Zeit. Wir folgen jetzt erst mal Oswald und wenn das nichts bringt, können wir immer noch die Polizei holen. Okay?«

Alle außer Sven sind einverstanden.

»Kommst du denn trotzdem mit?«, will Maruscha von ihm wissen.

»Blöde Frage!«, knurrt er. »Aber ehe wir abhauen, sollten wir Oswald was zu fressen geben.«

Er greift nach der offenen Chipstüte, die auf seinem Schreibtisch liegt, und lässt Chips regnen. Maruscha setzt mich auf den Teppich und ich futtere drauflos. Leider sind ein paar Chips unters Bett gefallen, aber die lasse mir trotzdem nicht entgehen. Ich krieche unter Svens Matratze und verputze alles Essbare, was ich dort finde.

Plötzlich steigt mir ein bekannter Duft in die Nase.

Ich schnuppere. Ja, hier unten riechts eindeutig nach Timo. Und dieser Geruch kommt aus einer Plastiktüte, die Sven unter seinem Bett verstaut hat. Was da wohl drin ist?

»Beeil dich, Oswald!«, höre ich Maruscha ungeduldig rufen. »Wir müssen los!«

Trotz der Eile kann ichs nicht lassen, einen Blick in die Tüte zu werfen.

Oh nein!

In der Tüte sind zwei Fahrradsättel. Einer davon gehört Timo und der andere gehört bestimmt Maruscha.

Wahnsinn – Sven ist der Satteldieb!

»Oswald!«

Ich krieche unterm Bett hervor.

»Was hast du denn so lange da unten gemacht?«, fragt Yussuf.

Ich werfe einen Blick auf Sven.

Und das lange Elend schaut auf seine riesigen Füße und wird noch weißer als der Schneemann, den Timo und ich im letzten Winter gebaut haben.

Als wir aus dem Haus kommen, redet Maruscha auf mich ein. Aber ich bin so durcheinander, dass ich kein Wort verstehe.

Ich kann immer noch nicht glauben, was ich da eben unter Svens Bett entdeckt habe. Ausgerechnet Sven, der immer so nett zu mir war, soll der Satteldieb sein?

Maruscha piekst mich in den Bauch. »Hey, aufwachen, Oswald! Du musst uns zu Timo bringen.«

Ach ja, mein Herrchen!

Ich trabe los und mache mich auf die Suche nach der Landstraße, die ich vorhin im Sportwagen entlanggebraust bin. Unterwegs fängt Isabel an zu weinen.

»Wenn Timo was passiert, ist es meine Schuld«, schluchzt sie. »Ich hab euch nicht gewarnt, dass Prollberg im Anmarsch ist. Und das nur, weil ich zu blöd war dein Handy zu bedienen.«

»Fängst du schon wieder an mit dem Quatsch?«, brummt Yussuf. »Ich hab genauso viel Schuld wie du.«

»Wieso?«

»Na ja, ich hätte dir erklären müssen, dass mein Handy etwas anders funktioniert als eures.«

»Woher hättest du das denn wissen sollen?«, fragt Isabel und zückt ein Taschentuch.

Maruscha stöhnt auf. »Wieso kloppt ihr euch nicht drum, wer von euch mehr Schuld hat? Wir sollten jetzt lieber die Klappe halten, damit Oswald sich konzentrieren kann.«

Ich gurke noch ein Weilchen durch die Siedlung. Erst hinter dem allerletzten Haus erkenne ich die Straße wieder, die sich schnurgerade zwischen Getreidefeldern in der Ferne verliert.

Ich bleibe stehen und belle zweimal.

Yussuf reißt die Augen auf. »Was? Müssen wir etwa diese endlose Straße entlanglatschen?«

»Wieso latschen?«, entgegnet Maruscha und nimmt ihren Rucksack ab. »Wir haben doch unsere Skates dabei, oder?«

Kurz darauf hocken alle im Gras und vertauschen ihre Schuhe mit den Skates. Und ich?!? Da können die Menschen monatelang durchs All schweben, sind aber trotzdem zu blöd Inline-Skates für Hunde zu erfinden. Soll ich etwa die ganze Strecke *laufen*?

Irrtum! Als Maruscha fertig ist und sich wieder aufgerappelt hat, schnappt sie mich und steckt mich in ihren Rucksack.

»Aber halte ja die Augen offen, kapiert?« Sie schnallt den Rucksack um. »Und wenn wir in Timos Nähe kommen, dann bell uns die Ohren voll.«

Die Detektive setzen sich in Bewegung. Und nachdem sie so richtig in Fahrt gekommen sind, flitzen sie im Wahnsinnstempo die Landstraße entlang.

Unterwegs mustere ich Sven immer wieder. Seitdem wir seine Wohnung verlassen haben, hat mich der lange Lulatsch keines Blickes gewürdigt. Und er hat auch kein einziges Wort gesagt. Er kann sich natürlich denken, was ich unter seinem Bett entdeckt habe. Tja, und jetzt zwicken und zwacken ihn Gewissensbisse.

Die anderen Detektive werden jedenfalls Augen machen, wenn ich ihnen die geklauten Sättel präsentiere. Klar, dass Sven dann in hohem Bogen aus dem Club fliegt. Und dass der Oberoberschnüffler zum Oberoberoberschnüffler ernannt wird, weil er dem Satteldieb ganz allein auf die Schliche gekommen ist.

Fragt sich bloß, ob ich mich darüber freuen soll. Schließlich ist Sven nicht nur ein riesiger, sondern auch ein riesig netter Typ.

Nie und nimmer hätte ich ihm zugetraut, dass er so was Fieses tun würde. Ich war doch felsenfest davon überzeugt, dass Timos Freund Axel der Sattelverschlepper ist.

So kann man sich halt täuschen, Leute ...

Aber jetzt muss ich aufhören mir den Kopf darüber zu zerbrechen. Soeben rauschen wir nämlich an dem Parkplatz der Kleingartensiedlung vorbei.

»Wuff! Wuff!«

Bei Maruschas Vollbremsung donnere ich mit dem Hinterkopf gegen ihren Rücken. Die anderen stoppen ihre Skates etwas eleganter. Alle sind ganz schön außer Puste.

»Das ist 'ne Kleingartensiedlung«, keucht Yussuf. »Meint ihr, dieser Prollberg hat Timo hier versteckt?«

»Meinst du, Oswald hätte uns hierher gebracht, wenn Timo hier *nicht* versteckt wäre?«, fragt Maruscha zurück.

Yussuf zieht eine Flappe. »Oswald kann sich ja wohl auch mal irren, oder?«

»Los, runter mit den Skates!«, kommandiert Isabel. »Wir gucken uns diese Siedlung genauer an.«

Und das tun wir auch, nachdem die Detektive wieder normale Sohlen unter den Füßen haben.

Leider ähneln sich die Schrebergärten genauso wie die Betonklötze in Svens Siedlung. Wir latschen und latschen, aber wir kommen nicht an dem Gartenhäuschen vorbei, das seit ein paar Stunden Timos Gefängnis ist.

»Oswald führt uns dauernd im Kreis rum«, mault Yussuf. »Vielleicht ist Timo immer noch in Prollbergs Wohnung.«

»Okay«, seufzt Maruscha. »Wir suchen noch fünf Minuten, dann hauen wir ab.«

Ich halte Augen, Lauscher und Nase offen, aber ich kann Prollbergs Hütte beim besten Willen nicht wieder finden. Dauernd stelle ich mir vor, wie Timo dort mit Handschellen gefesselt auf dem Bett liegt und literweise Tränen vergießt und vergeblich darauf wartet, von mir aus Prollbergs Klauen befreit zu werden. Ach,

Leute, wenn Hunde weinen könnten, würde ich mich jetzt in den Kies schmeißen und einfach drauflosflennen, bis mir …

Farbe!

Ich rieche und sehe ihn gleichzeitig, den Farbeimer, und bleibe abrupt davor stehen. Ist das nicht der Zaun, den der dünne Opa vorhin bepinselt hat? Klar, da hängen ja auch zwei Schilder, auf denen garantiert FRISCH GESTRICHEN steht. Aber wo ist der Opa? Ich spitze die Ohren und höre ein leises Schnarchen. Aha, der Maler macht ein kleines Nickerchen.

Isabel fragt: »Ist es hier, Oswald?«

»Nein, es ist nebenan«, will ich sagen, doch ehe ich mit dem ersten Wort begonnen habe, fällt mir ein, dass ich ja gar nicht reden kann.

Also führe ich die Schnüffler zur nächsten Pforte, setze mich davor und zeige mit der rechten Vorderpfote darauf.

Die Detektive sehen sich kurz an und gehen dann alle in die Hocke.

»Timo ist da drin«, flüstert Maruscha aufgeregt.

»Behauptet jedenfalls Oswald«, fügt Yussuf hinzu.

Isabel wirft ihm einen bösen Blick zu. »Ich wette, dass Oswald sich nicht irrt. Was sollen wir jetzt tun?«

»Wir müssen uns eine Taktik einfallen lassen«, sagt Maruscha.

Die Detektive brüten eine Weile schweigend vor sich hin.

Und dann meldet sich Sven zu Wort, der seit fast

einer Stunde keinen Mucks mehr von sich gegeben hat.

Er steht auf, stemmt die Hände in die Hüften und verkündet entschlossen: »Wir brauchen keine Taktik – wir brauchen Timo! Und darum gehen wir jetzt alle zusammen in das Gartenhäuschen und holen Timo da raus!«

Obwohl man den leichenblassen Detektiven ansehen kann, wie mulmig ihnen zumute ist, widerspricht keiner von ihnen Svens Vorschlag.

»Sven hat Recht!«, sagt Yussuf. »Wenn Timo wirklich da drin ist, müssen wir ihn befreien – egal, ob Prollberg da ist oder nicht. Schließlich sind wir zu viert. Wenn er sich drei von uns schnappt, ist immer noch einer übrig, der die Polizei holen kann.«

»Und warum holen wir nicht lieber gleich die Polizei?«, fragt Isabel.

»Weil wir ein Detektivclub sind und kein Angsthasenverein«, verkündet Yussuf.

Er öffnet die Pforte und betritt den Garten. Die anderen folgen ihm. Ich will mich den Schnüfflern anschließen, aber jemand hält mich zurück: mein Instinkt. Er sagt mir, dass ich lieber vor der Pforte sitzen bleiben soll.

Yussuf ist als Erster am Gartenhäuschen. Warum streckt er nicht die Hand nach der Türklinke aus? Stattdessen gräbt er mit allen zehn Fingern den Lockenurwald auf seinem Kopf um.

Hey, wie war das eben mit dem Angsthasenverein, Yussuf?

Sven, Isabel und Maruscha machen auch keine Anstalten die Tür zu öffnen. Die drei Detektive wechseln verzagte Blicke.

Aha: Höchste Zeit für Oberoberschnüffler Oswald und seinen berühmten Klinkensprung.

Ich will mich gerade in Bewegung setzen, als plötzlich ein lautes Schluchzen zu hören ist.

Timo!

Die Detektive zögern jetzt keine Sekunde mehr – vier Hände strecken sich gleichzeitig nach der Klinke aus. Und im Nu sind alle im Gartenhäuschen verschwunden.

Ich warte und spitze die Ohren. Nein, von Schluchzen ist nichts mehr zu hören. Überhaupt ist es unheimlich still hier. Wahrscheinlich ist Vogelzwitschern im gesamten Bereich der Kleingartensiedlung Grafrather

Forst strengstens untersagt – Drosseleltern haften für ihre Kinder.

Zu hören ist auch nichts von Prollberg. Anscheinend hat er sich verdrückt und Timo allein im Häuschen zurückgelassen. Dann müssten die Detektive ja jeden Augenblick zusammen mit meinem Herrchen im Garten auftauchen.

Aber das tun sie nicht. Und ich warte weiter und versuche die Ruhe zu bewahren. Eigentlich kann ich mir gut denken, warum sich die Detektive so viel Zeit lassen: Weil es gar nicht so einfach ist, Timo von den Handschellen zu befreien. Ob ich die Dinger vielleicht mit meinen Zähnen knacken könnte?

Doch das ist wohl nicht mehr nötig. Denn in diesem Augenblick wird endlich die Tür des Häuschens geöffnet.

Aber wer kommt heraus?!?

Vor Schreck verschlucke ich fast meine eigene Zunge. Und dann mache ich mich so klein wie eine Feldmaus um nicht endeckt zu werden.

Es sind nämlich nicht die Detektive, die das Gartenhäuschen verlassen, sondern die Ganoven! Und zwar die ganze Bande – Prollberg, Müller (die Glatze, dem das Pitbullmonster gehört) und ein dritter Typ, dessen Name ich nicht kenne, den ich aber schon mal gesehen habe: beim Bilderklauen in Isabels Haus.

Und wo stecken die Schnüffler?

Müller ist anzumerken, dass er stinksauer ist.

»Wie konntest du dir den Jungen packen und hierhin bringen?«, schnauzt er Prollberg an. »So was Bescheuertes! Jetzt haben wir fünf Kinder am Hals. Fünf Stück!«

»Sie hatten doch die Bilder geklaut«, verteidigt sich Prollberg kleinlaut und zündet sich eine Zigarette an. »Wie sollte ich sie denn sonst dazu bringen, die Bilder wieder rauszurücken, hä?«

»Jetzt verliert bloß nicht die Nerven«, meldet sich der dritte Mann mit ruhiger Stimme zu Wort. »Um die zwei Bilder ist es nicht schade. Wir haben unserem Auftraggeber zwanzig Grüttling-Gemälde besorgt und damit wird er hoch zufrieden sein. Und darum sollten wir jetzt schleunigst alles zusammenpacken und abhauen.«

»Du hast gut reden!«, schnaubt die Glatze und fummelt an seinem Halstuch rum. »Einfach abhauen! Und was ist mit den Kindern? Sobald wir hier weg sind, hetzen die uns die Bullen hinterher.«

»Dann nehmen wir sie eben mit«, schlägt der Einbrecher vor. »Wenn sie keine Faxen machen, lassen wir sie morgen frei.«

»Und wenn sie Faxen machen?«, fragt Prollberg.

Der dritte Mann zuckt mit den Schultern.

»Toller Plan!«, faucht Müller.

Der Einbrecher grinst. »Hast du einen besseren?«

Müller denkt nach, wobei er die Augen zukneift und mit der Oberlippe zuckt. Kurz darauf schüttelt er seinen Glatzkopf.

»Okay, dann lasst uns jetzt verschwinden!«, kommandiert der Einbrecher. »Wir bringen erst die Bilder ins Auto, dann holen wir die Kinder. Habt ihr sie ordentlich gefesselt?«

Prollberg nickt. Er lässt die Zigarette fallen und tritt sie aus.

Und dann verschwinden die drei Ganoven im Häuschen.

Mein Herz klopft wie verrückt. Keine Frage: Ich muss die Bande aufhalten! Aber wie? Okay, ich bin ein Hund – aber die Gangster sind zu dritt. Wenn ich einen von ihnen angreife, werde ich von den andern beiden erledigt.

Es gibt nur eine einzige Waffe, mit der man eine Übermacht besiegen kann: mit einer guten Idee. Aber ich habe leider keine. Und in meinem Hirn ist auch weit und breit keine in Sicht.

Und da kommen auch schon die Gangster aus dem Häuschen, jeder mit einem großen Bild unterm Arm. Sie steuern auf die Gartenpforte zu.

Eine Idee, Oswald! EINE IDEE!

Prollberg öffnet die Gartenpforte. Er sieht mich nicht, weil er aufpassen muss nirgends mit dem Bild anzustoßen.

Tu was, Oswald! Irgendwas!

Und ich tu was: Ich weiche Prollberg aus, indem ich ein paar Schritte rückwärts mache. Nicht sehr mutig, was? Aber jetzt ist nicht Mut gefragt, sondern ...

Aua! Ich bin über etwas gestolpert. Was stand mir denn da im Weg? Ich drehe mich um – und vor mir breitet sich ein weißer See aus.

Sahne!

Prompt tunke ich meine Schnauze hinein. Igitt! Von wegen Sahne: Das ist die weiße Farbe, mit der der dünne Opa seinen Zaun bepinselt hat. Beim Rückwärtsgehen hab ich den ganzen Eimer umgestoßen.

»Warum bleibst du denn stehen?«, höre ich Müller rufen.

»Hier ist 'ne riesige weiße Pfütze«, antwortet Prollberg. »Ich will mir nicht meine neuen Stiefel versauen.«

»Nun geh schon weiter!«

Nur über meine Leiche! Ich stelle mich Prollberg in den Weg – aber der Mistkerl bemerkt mich gar nicht und rammt mir seine Stiefelspitze in den Bauch. Ich jaule drauflos.

»Wo kommt denn der Köter her?«, fragt Prollberg.

»Ist doch egal! Wenn du noch länger hier stehen bleibst, dann – Oh Gott! Der Hund hat ja die Tollwut! Los, schnell weiter!«

Ich und Tollwut? *Schon wieder?*

Natürlich: die weiße Farbe an meiner Schnauze! Und – zack! – kommt mir auch schon die Idee, auf die ich so lange gewartet habe.

Während die Ganoven ihren Weg fortsetzen, nehme ich schnell Anlauf und springe über den frisch gestrichenen Zaun. Ich belle drauflos, aber der dünne Opa, der auf dem Liegestuhl pennt, rührt sich nicht. Ist das Skelett etwa tot? Ich belle noch lauter – ohne Erfolg.

Da stelle ich mich einfach neben sein rechtes Ohr

und knurre ganz laut hinein. Das hilft! Schlagartig ist der Opa wach und starrt mich entsetzt an. Und dann verwandelt er seine Stimme in eine Sirene.

»Hilfe!«, schreit er immer wieder. »Hilfe! Hilfe!«

Und er hört gar nicht mehr damit auf. So ein Trottel! Warum krallt er sich nicht das Handy, das ein paar Meter von ihm entfernt im Gras liegt? Muss man denn *alles* selber machen?

Ich nehme das Handy ins Maul, trage es zum Liegestuhl und lege es dem total verängstigten Mann auf den Bauch. Er rührt sich nicht. Muss ich etwa auch noch die Nummer wählen und mich selbst anzeigen?

Ich ziehe mich in die hinterste Ecke des Gartens zurück. Und da traut sich der Opa endlich sein Handy anzuwerfen und die Polizei anzurufen.

»Er ist hier! Er ist hier!«, wiederholt er mehrmals total aufgeregt. »Wer? Der tollwütige Dackel aus dem Ostpark!«

Wow – ich bin ja richtig berühmt!

Nachdem der Opa genau erklärt hat, wo ich zu finden bin, lässt er das Handy ins Gras fallen, erhebt sich vom Liegestuhl und will in sein Gartenhäuschen flüchten. Doch mir wärs lieber, wenn er mit mir zusammen auf die Polizei warten würde. Darum versperre ich ihm mit lautem Gebell den Weg zum Häuschen.

»Hilfe!«, fängt er wieder an. »Hilfe!«

»Was ist denn los, Herr Striewe?«, fragt Prollberg, der zusammen mit seinen beiden Kumpanen vom Parkplatz zurückkommt.

»Der Hund hat die Tollwut!«, antwortet der dünne Opa, der also Herr Striewe heißt.

Die drei Ganoven bleiben am Zaun stehen und fangen an zu lachen.

»Tollwut? So ’n Quatsch!« Müller zeigt auf den kleinen See vor dem Zaun. »Der Köter hat bloß seine Schnauze in der weißen Farbe hier gebadet.«

Herr Striewe macht ein erstauntes Gesicht. »Wirklich?« Er guckt mich stirnrunzelnd an.

Oh Gott, was jetzt?!?

Na klar: Theater, was sonst?

Ich atme ganz tief durch und dann lege ich mit meiner Tollwutshow los. Irre Sprünge in die Luft, erbärmliches Gejaule, verdrehte Augen, Herumwälzen im Gras, wahnsinniges Gebelle – ich ziehe wirklich alle Register. Und siehe da: Herr Striewe wird vor Angst fast so weiß wie sein Zaun. Und auch den drei Ganoven vergeht das Lachen.

»Guckt euch das an!«, höre ich Prollberg murmeln. »Vielleicht hat er doch die Tollwut.«

»Das kann uns schnuppe sein«, erklärt Müller. »Wir haben was anderes zu tun.«

Und damit verschwinden die drei wieder in ihrem Gartenhäuschen.

Weil Herr Striewe so beeindruckt ist von meiner Vorstellung, setze ich sie noch ein Weilchen fort. Puh, ist das anstrengend, diese Schauspielerei! Eine Hollywoodkarriere wäre sicher nicht das Richtige für mich – es sei denn, ich bekäme 15 Millionen Hundekuchen pro Film.

Ich verausgabe mich so sehr, dass mir vor lauter Erschöpfung die Ohren klingeln. Seltsam, das Klingeln wird immer lauter. Und plötzlich erkenne ich, dass es gar kein Klingeln ist, sondern die Sirene eines Polizeiautos. Es kommt näher und näher und dann wird die Sirene abrupt abgewürgt. Das Auto muss also auf dem Parkplatz angekommen sein.

Juchhu!

Damit mich die Polizisten nicht lange suchen müssen, belle ich mir die Stimmbänder aus dem Hals. Der arme Herr Striewe ist inzwischen zu Stein erstarrt, weil ich ihm nicht von der Seite weiche. Damit will ich verhindern, dass er in sein Gartenhäuschen flüchtet.

»Wo bleiben die denn? Wo bleiben die denn?«, murmelt er immer wieder.

Wenn der wüsste, dass ich die Polizisten mindestens genauso sehnlich erwarte wie er …

Und da kommen sie endlich – und entpuppen sich als alte Bekannte. Die beiden haben nämlich schon mal Jagd auf mich gemacht: damals im Ostpark, als ich eine Sahneschnauze hatte und in letzter Sekunde von Timo vorm Erschießen gerettet wurde.

Die beiden Sheriffs laufen auch jetzt mit gezücktem Revolver durch die Gegend.

»Hier ist er!«, ruft Herr Striewe mit brüchiger Stimme, als die Beamten an seinem Zaun angekommen sind.

»Gehen Sie zur Seite!«, brüllt der lange Polizist. »Sonst verletzen wir Sie noch, wenn wir ihm den Gnadenschuss geben.«

Den was?!?

Herr Striewe entfernt sich vorsichtig von mir. Ich bin so baff, dass ich nicht weiß, was ich machen soll. Weil ich Hilfe für mein Herrchen und seine Freunde geholt habe, soll ich erschossen werden? Also ehrlich, Leute, ich kann nicht behaupten, dass ich das besonders fair finde.

In diesem Augenblick erscheinen die Ganoven im Nachbargarten. Ächz, gerettet! – denke ich zumindest ein paar Sekunden lang. Aber die Polizisten kümmern sich gar nicht um die drei, sondern zielen weiter auf den armen Hund mit der weißen Schnauze. Am liebsten würde ich davonrasen, aber ich bin vor Schreck wie gelähmt.

»Was ist los, Herr Wachtmeister?«, fragt Müller den großen Polizisten und grinst sich dabei einen ab.

»Bringen Sie sich bitte in Sicherheit, bis wir das Tier erlegt haben«, kommandiert der kleine Polizist.

»In Ordnung«, antwortet Herr Müller und will mit seinen Kumpanen ins Gartenhäuschen zurückkehren – doch plötzlich geht an der Seitenwand des Häuschens eine Fensterscheibe zu Bruch. Yussuf, Sven und Isabel klettern in den Garten.

»Das sind Diebe!«, brüllt Yussuf den Polizisten zu. »Sie müssen sie verhaften. Die haben uns eingesperrt.«

»Verschwindet!«, brüllt der kleine Polizist zurück. »Der Hund ist gefährlich.«

»Blödsinn!«, widerspricht Sven. »Oswald ist total harmlos. Die drei hier sind viel gefährlicher.«

»Wer? Wir?«, fragt Prollberg mit Unschuldsmiene und fängt an zu lachen. Seine Kumpane stimmen mit ein.

»Ruhe!«, brüllt der große Polizist. »Wir müssen den Hund erledigen.«

Er streckt seinen rechten Arm aus und zielt auf mich.

Ich schließe die Augen und halte die Luft an – vermutlich für immer. Denn nun heißt es Abschied nehmen, Leute. Was soll ich groß klagen? Alles in allem hatte ich doch ein sehr schönes Leben. Okay, es hätte ruhig etwas länger sein können. Die Hauptsache, auf meinem Grabstein stehen keine hässlichen Wörter, zum Beispiel das Wort Dackel.

Wo bleibt der Schuss?

»Lass mich los, du freche Göre!«, höre ich plötzlich den großen Polizisten schimpfen und öffne die Augen.

Isabel!

Sie ist dem Polizisten auf den Rücken gesprungen. Um sie wieder loszuwerden führt er einen komischen Tanz auf, aber so leicht lässt sich Isabel nicht abwerfen.

Die Diebe wollen das Durcheinander nutzen um sich unbemerkt zu verkrümeln. Ehe ich die anderen mit Gebell darauf aufmerksam machen kann, klettern Timo und Maruscha durchs Fenster aus dem Häuschen.

»Das sind Bilderdiebe!«, schreit mein Herrchen so laut, wie ich ihn noch nie habe schreien hören. »Hier ist der Beweis!«

Er hält mit beiden Händen ein Gemälde hoch. Isabel hüpft dem langen Polizisten vom Rücken und zeigt auf die drei Ganoven.

»Die wollen abhauen!«, ruft sie.

Auf Prollbergs Gesicht erscheint ein breites Lächeln.

»Ich bitte Sie, meine Herren!«, flötet er. »Glauben Sie etwa diesen Spinnern auch nur ein einziges Wort?«

Die Polizisten schauen vom Bild zu den Dieben und wieder zurück. Und dann sehen sich die beiden an; es ist schwer zu sagen, wer von ihnen das ratlosere Gesicht macht.

Genau in diesem Moment fällt der entscheidende Satz. Und er kommt nicht von den Detektiven oder den Gangstern oder den Polizisten, sondern von – nein, falsch geraten, auch nicht von mir.

Ausgerechnet Herr Striewe, der dünne Opa, der das Hickhack der letzten Minuten stumm verfolgt hat, sorgt dafür, dass uns die Diebe nicht durch die Lappen gehen.

Er starrt das Bild an, das Timo immer noch hochstemmt, und stammelt: »Das – das ist ein Gemälde von Grüttling. Das wurde vorletzte Woche aus einer Galerie gestohlen. War riesengroß in der Zeitung!«

Der kleine Polizist kratzt sich am Kinn und fragt seinen großen Kollegen: »Wie kommt denn das Bild in diese Schrebergartensiedlung?«

»Das sollten Sie die Diebe fragen«, erklärt Yussuf und zeigt auf Prollberg, Müller und den dritten

Mann, denen das Grinsen inzwischen gründlich vergangen ist.

»Hm«, meint der große Polizist. »Eigentlich sind wir nur hier wegen diesem tollwütigen Hund.«

Isabel läuft zu mir und nimmt mich auf den Arm. »Der soll tollwütig sein?«

Ich lecke ihr Gesicht sauber.

»Los, schnell weg!«, ruft Müller und wetzt davon in Richtung Parkplatz. Seine Kumpane rennen ihm hinterher.

»Sollen wir sie verfolgen?«, fragt der große Polizist.

Der Kleine schüttelt seelenruhig den Kopf. Dann hält er seine Pistole in die Luft und drückt ab.

»Stehen bleiben!«, schreit er dann – und die Diebe gehorchen sofort. Und sie strecken ihre Arme so hoch in die Luft, als wollten sie die Wolken kitzeln.

Der Kleine grinst seinen Kollegen an. »Wie im Kino, was? Komm, wir verhaften die drei.«

»Und dann?«

»Dann erschießen wir den Hund.«

Hey, keine Panik, Leute: Ich lebe noch!

Zum Glück haben sich die Polizisten davon überzeugen lassen, dass ich nur toll bin und nicht wütig. Und als sie von den Detektiven erfuhren, was für ein genialer Hund ich bin, wollten sie mich sogar dazu überreden, bei der Polizei anzuheuern. Ohne mich! Okay, es würde mir tierisch viel Spaß machen streunende Katzen zu verhaften. Aber den ganzen Tag in so 'ner grünen Uniform rumlaufen? Nee, danke!

Das war am Freitag, also vorgestern, und heute ist heute, also Sonntag. Und heute Nachmittag steigt ein großes Fest hier in unserem Garten. Gefeiert wird Timos Befreiung und die Verhaftung der Bilderdiebe. Und auf dieses Fest würde ich mich wahnsinnig freuen – wenn da nicht die Sache mit Sven und den geklauten Sätteln wäre.

Soll ich einfach beide Augen und meine Nase zudrücken und so tun, als hätte ich die Sättel weder gerochen noch gesehen? Einerseits würde ich das gerne tun. Andererseits – na ja, ich bin nun mal der Oberoberschnüffler und will Langfingern das Handwerk legen. Wenn ich Sven ungeschoren davonkommen lasse, klaut er bestimmt weiter. Aber wenn ich den anderen verrate, dass er der Satteldieb ist, hört er vielleicht mit der Klauerei auf.

Mann, was für 'ne schwierige Entscheidung ...

Ich gehe im Garten auf und ab und denke nach. Viel Zeit bleibt mir nicht mehr, weil die ersten Gäste bald eintrudeln. Wie soll ich mich gleich Sven gegenüber verhalten? Ich könnte ihm ...

Nanu, wer spaziert denn da durchs Gartentor? Das ist ja Timos Freund Axel, der seit ungefähr 90 Seiten nicht mehr aufgetaucht ist. Aber ihr habt den Knilch sicher genauso wenig vergessen wie ich, Leute, stimmts?

Was will Axel denn hier? Detektivclubs findet er doch total kindisch. Möchte er trotzdem zusammen mit den Schnüfflern feiern?

Komisch, er geht nicht ins Haus, sondern spaziert direkt auf mich zu. Allerdings wagt er nicht mir zu nahe zu kommen. Etwa drei Meter vor mir bleibt er stehen. Das böse Funkeln in Axels Augen gefällt mir nicht.

»Na, du Superköter?«, zischt er leise zur Begrüßung. »Jetzt halten dich alle für den großen Helden. Aber nicht mehr lange, wetten?«

Was hat der Mistkerl vor?

»Weißt du noch?«, flüstert er mit einem gemeinen Grinsen. »Ich hab dir versprochen, dass du im Tierheim enden wirst. Tja, und was man verspricht, das muss man halten.«

Hä? Was soll dieses blöde Gequatsche?

Plötzlich lässt sich Axel auf den Rasen fallen – und dann beißt sich dieser Vollidiot mit aller Kraft in seinen nackten Oberschenkel! Ist er nun vollends durchgeknallt?

Er brüllt drauflos und windet sich hin und her.

Zwei Sekunden später sind Timos Eltern zur Stelle.

»Was ist denn passiert?« fragt Timos Mutter.

»Das siehst du doch«, sagt Timos Vater und wirft mir einen vernichtenden Blick zu. »Er hat Axel gebissen.«

»Oh Gott!«, kreischt die Mutter. Sie kniet neben Axel nieder. »Der Abdruck von Oswalds Zähnen ist deutlich zu erkennen. Meine Güte, das muss ja furchtbar wehtun. Wir brauchen den Verbandskasten!«

»Aber er blutet ja nicht.«

»Hol den Verbandskasten!«, kommandiert Timos Mutter.

Während Timos Vater im Haus verschwindet, zieht Axel eine prima Nummer ab, die fast so gut ist wie meine Tollwutshow. Er wimmert vor sich hin, lässt die Tränen nur so strömen und starrt mich immer wieder total verängstigt an.

»Wo bleibst du denn?«, ruft Timos Mutter ihrem Mann hinterher. »Findest du den Verbandskasten nicht?«

Keine Antwort. Timos Mutter steht auf und eilt ins Haus. Und kaum ist sie weg, unterbricht Axel sein Geheule, grinst mich frech an und zeigt mir einen ausgestreckten Mittelfinger. Dann muss die miese Kröte weiterjammern, weil Timos Eltern mit dem Verbandskasten auftauchen.

Kurz darauf kommt Timo aus dem Haus. Er war wohl gerade duschen, weil er noch klatschnasse Haare hat.

»War das Oswald?«, fragt er mit ungläubiger Miene, nachdem er einen Blick auf den ächzenden Axel geworfen hat.

»Kaum war ich im Garten, da sprang er mich an und biss drauflos«, erzählt der Lügenbaron schluchzend.

Und dieses Märchen wiederholt er nun jedes Mal, wenn ein neuer Gast eintrudelt. Isabel, Yussuf und Maruscha durchlöchern ihn mit Fragen, weil sie ihm einfach nicht glauben wollen. Nur Sven, der als Erster gekommen ist, lächelt still vor sich hin und schweigt. Klar, er hätte nichts dagegen, dass ich im Tierheim lande. Dann könnte ich nämlich nicht die Sache mit den Fahrradsätteln aufklären.

»Oswald beißt nicht!«, verkündet Maruscha nun schon zum tausendsten Mal, aber Timos Eltern lassen sich davon nicht überzeugen.

»Wer weiß, ob er nicht doch die Tollwut hat«, brummt Timos Vater. »Anders kann ich mir seine Bösartigkeit nicht erklären.«

»Er muss ins Tierheim«, erklärt Timos Mutter. »Ich will keinen bissigen Hund im Haus haben.«

Axel, der mit einem dicken Oberschenkelverband im Gras liegt, stöhnt leise vor sich hin. Ich hab mich in die hinterste Ecke des Gartens zurückgezogen und brüte schweigend vor mich hin. Wenn nicht möglichst bald ein Wunder geschieht, bin ich geliefert.

»Ich glaubs einfach nicht, dass Oswald bissig ist«, verkündet Isabel.

Timos Mutter zeigt auf den Verband. »Hier ist doch der Beweis.«

»Ich hab auch einen Beweis«, sagt Sven, der immer noch vergnügt vor sich hin schmunzelt.

Alle bombardieren ihn mit erstaunten Blicken, vor allem Axel, der dabei sogar sein Gestöhne unterbricht.

»Was für 'n Beweis?«, fragt Timo.

Und das frag ich mich natürlich auch. Sven war doch gar nicht dabei, als Axel das Beißopfer gemimt hat.

»Mir nach!«, kommandiert Sven und geht ins Haus. Alle folgen ihm, Axel am Arm von Timos Vater. Ich schließe mich der Polonäse als Letzter an.

Sven führt uns ins Wohnzimmer, lässt uns Platz nehmen (ich verkrümele mich unters Sofa) und stellt sich vor den Fernseher. Dort greift er in seine Plastiktüte, die mir irgendwie bekannt vorkommt, und holt Timos Videokamera heraus. Mein Herrchen hatte ihm die Kamera vorgestern in Prollbergs Wohnung in die Hand gedrückt.

»Die wollte ich dir heute zurückgeben«, erklärt Sven. »Die Filmerei macht echt Spaß. Wollt ihr mal sehen, was ich alles gedreht habe?«

Sven steckt das Tape in den Rekorder. Er schaltet

den Fernseher an und spult die Kassette vor. Wir sehen, wie es im Supertempo die Treppe hochgeht in Prollbergs Wohnung, in der Sven jedes einzelne Zimmer gefilmt hat.

Und dann lässt Sven das Video in normaler Geschwindigkeit laufen. Und was ist nun zu sehen?

Wow!

Im Fernsehen läuft der Film *Wie ich Axel nicht gebissen habe.* Es ist alles ganz deutlich zu erkennen: wie sich Axel auf den Rasen wirft, die Klappe aufreißt und die Zähne in seinen Oberschenkel bohrt.

»Du miese Ratte!«, schimpft Timo wütend und dreht sich zu Axel um – doch der hat sich schon klammheimlich aus dem Staub gemacht.

Das wars dann wohl mit der unheimlich tollen Computer-Freundschaft.

Timos Vater steht auf, kommt zu mir und geht in die Knie. »Tja, Oswald«, meint er leicht verlegen, »da muss ich mich ja wohl bei dir entschuldigen.«

Allerdings! Und das tut Timos Vater, indem er mir eine Kinnmassage verpasst.

Derweil wird Sven von den Detektiven umringt und zu dem Film beglückwünscht. Der lange Sven hat mich gerettet! Ehrensache, dass ich im Gegenzug die Sache mit den geklauten Sätteln vergessen werde.

Doch was tut Sven?

Er greift noch mal in seine Plastiktüte – und präsentiert den staunenden Detektiven die beiden Sättel. Mir fallen fast die Augen aus dem Kopf!

»Das gibts doch gar nicht!«, ruft Maruscha aus. »Sag bloß, du hast den Satteldieb geschnappt.«

Sven nickt.

»Und? Wer ist es?«, will Yussuf wissen.

Knallrot wird er, der arme Sven. Er senkt den Blick und sagt kein Wort.

»Nun machs doch nicht so spannend!«, drängt Timo.

Da streckt Sven seinen Zeigefinger aus – und zeigt auf seine Brust.

Den Detektiven bleibt die Spucke weg. Sekundenlang ist es mucksmäuschenstill im Wohnzimmer. Und dann wird Sven mit tausend Fragen gleichzeitig bestürmt.

Timos Vater unterbricht die Kraulerei und richtet sich auf, wobei seine Knie ein Knackkonzert veranstalten.

»Jetzt seid doch mal still!«, donnert er und die Detektive halten die Luft an. »Sven möchte uns bestimmt etwas sagen. Hab ich Recht, Sven?«

Das lange Elend nickt, wagt jedoch immer noch nicht den Blick zu heben. Aber er fängt an zu reden, allerdings so leise, dass man sein Gemurmel kaum verstehen kann. Und zwischendurch stockt er immer wieder.

»Ich – ich hab die Sättel geklaut, weil – weil Yussuf immer so blöde Sprüche gemacht hat über mein altes Fahrrad und meine kaputten Jeans und – und da hab ich mit der Klauerei angefangen. Ich wollte mindestens zwanzig Sättel klauen und dann so tun, als ob ich – na ja, ich wollte dann die Sättel wieder rausrücken und so tun, als sei ich dem Dieb ganz allein auf die Spur gekommen. Dann hättet ihr mich für einen richtig guten Detektiv gehalten.«

»Du *bist* doch ein richtig guter Detektiv«, sagt Maruscha, die feuchte Augen bekommen hat.

»Aber jetzt werde ich bestimmt aus dem Club gefeuert«, murmelt Sven todtraurig.

»Bist du bekloppt?«, ruft Yussuf mit einem leichten Zittern in der Stimme. »Wenn hier einer gefeuert wird, dann bin *ich* das!«

Er geht zu Sven und hebt drei Finger in die Luft. »Ich schwöre: Wenn ich noch einen einzigen Witz über deine alte Klapperkiste mache, darf Oswald meine Zunge fressen!«

Alle lachen.

»Ob die ihm wohl genauso gut schmecken wird wie die 20 Rumpsteaks, die ich ihm mitgebracht habe?«, fragt Isabel.

20 Steaks?!?

Mit dem Wasser, das mir im Mund zusammenläuft, könnte man glatt die Sahara überschwemmen.

Die Fete ist vorbei, allerdings noch nicht für mich, meinen Magen und meine Kaumuskeln.

Ich liege nämlich immer noch im Garten vor dem Steakhaufen und mampfe und mampfe, aber der Fleischberg wird einfach nicht kleiner. Wenn ich alles aufgefuttert habe, sehe ich wahrscheinlich aus wie eine Kreuzung zwischen einem Terrier und einem Nilpferd.

»Hast du keine Angst zu platzen?«, höre ich Maruscha hinter mir fragen.

Ich drehe mich kauend zu ihr um. Wieso ist Maruscha noch hier? Alle anderen Detektive haben sich doch gerade verabschiedet.

Timo kommt aus dem Haus.

»War echt toll, die Fete!«, meint Maruscha, als Timo neben ihr steht.

Mein Herrchen nickt.

»Und jetzt sind wir beide ganz alleine«, fügt Maruscha etwas leiser hinzu, worauf Timo die Arme verschränkt und abwechselnd blass und rot wird.

Tja, die Liebe ...

Ich futtere weiter und behalte dabei Timo und Maruscha im Auge. Und was passiert? Überhaupt nichts! Die beiden spazieren durch den Garten und gucken abwechselnd in die Luft und auf den Rasen.

So kann das nicht weitergehen, Leute!

Ich stehe auf – und falle gleich wieder hin, weil ich eine Tonne Steaks im Bauch habe. Nachdem ich alle meine Kräfe gesammelt habe, versuche ich es noch mal. Aha, ich kann tatsächlich noch laufen, wenn auch nur in Zeitlupe.

Timo und Maruscha haben mir soeben den Rücken zugewandt und sehen nicht, wie ich mich zum Rosenbeet schleppe. Ohne mich an den Dornen zu stören beiße ich einen Rosenzweig ab. Und mit der Blume im Maul schleiche ich mich an Timo ran und kitzle ihn mit der Schnauze an seiner nackten Wade.

Von Maruscha unbemerkt dreht sich mein Herrchen zu mir um. Er scheint offenbar nicht zu begreifen, was ich von ihm will. Da lasse ich einfach die Blume vor ihm fallen, schleppe mich zurück zu den Steaks und tauche meine Schnauze in den Fleischberg.

Und was macht Timo?

Er betrachtet die Rose und kratzt sich dabei ausgiebig am Kinn. Schließlich bückt er sich und schnappt sich die Blume. In diesem Augenblick dreht Maruscha ihren Kopf in Timos Richtung.

»Was willst du denn mit der Rose?«, fragt sie lächelnd.

Timo macht ein Gesicht, als hätte er einen Hundehaufen zwischen den Fingern.

»Ich – äh – ich wollte – äh ...«, stottert er.

Plötzlich drückt er Maruscha die Rose in die Hand und flitzt ins Haus. Und Maruscha? Die strahlt über beide Backen und vergräbt ihre Nase in den Rosenblättern. Dann runzelt sie die Stirn, beißt auf ihre Unterlippe – und flitzt Timo hinterher.

Kurz darauf höre ich die beiden lachen. Dann schweigen sie. Und glaubt mir, Leute: Dieses Schweigen ist spannender als die ganze Geschichte, die ich euch erzählt habe.

So, ich mampfe jetzt weiter. Denn mit meinen Steaks bin ich noch lange nicht am

Christian Bieniek lebt als freier Schriftsteller in Düsseldorf und schreibt für Kids und Erwachsene. Mit seinem ersten Band vom »Oberschnüffler Oswald«, hat er merkwürdige Erfahrungen gemacht: »Während der Arbeit an diesem Buch versuchte ich natürlich mich in einen Hund zu versetzen. Seltsame Dinge passierten. Morgens stand meine Müslischüssel nicht mehr *auf* dem Tisch, sondern darunter. Beim Spazierengehen warf meine Tochter mit Stöckchen um sich und befahl mir sie zurückzubringen. Und wenn meine Frau in die Bäckerei ging, musste ich leider draußen bleiben. Da wusste ich, dass es höchste Zeit war dieses Buch zu beenden ...«

Doch kaum war er damit fertig, da packte ihn die Lust zu einem neuen Oswald-Abenteuer.

Weiteres von Christian Bieniek:
»Oberschnüffler Oswald und die Tütenbande«
»Oberschnüffler Oswald jagt den Weihnachtsmann«
»Oberschnüffler Oswald und das gebrochene Herz«
»Hilfe! Ich hab ein Pferd«
»Total verzaubert«

Ralf Butschkow wurde 1962 in Berlin geboren und lebt immer noch dort. Er arbeitet als freier Werbegrafiker und Kinderbuchillustrator. Was er gerne hat? Mit dem Fahrrad unterwegs zu sein, kochen, Spaziergänge an der See und seine kleine Familie.

Vorsicht: Bissiger Text!

Wichtige Durchsage an alle Ganoven: Oberschnüffler Oswald ist aus den Sommerferien zurück! Im zweiten Band kämpft Oswald gegen die fiese Tütenbande. Diese Typen überfallen Kinder und Knöpfen ihnen ihr ganzes Geld ab. Grrr – da sind alle Tricks erlaubt!

ISBN 3-7607-3779-X

Stille Nacht, heilige Nacht, alles schläft ...
Von wegen, die Ganoven sind in der Weihnachtszeit hellwach! Anstatt gemütlich im Warmen zu sitzen, muss Oswald auf den Weihnachtsmarkt, wo sich ein raffinierter Trickbetrüger rumtreibt ...

ISBN 3-7607-3796-X

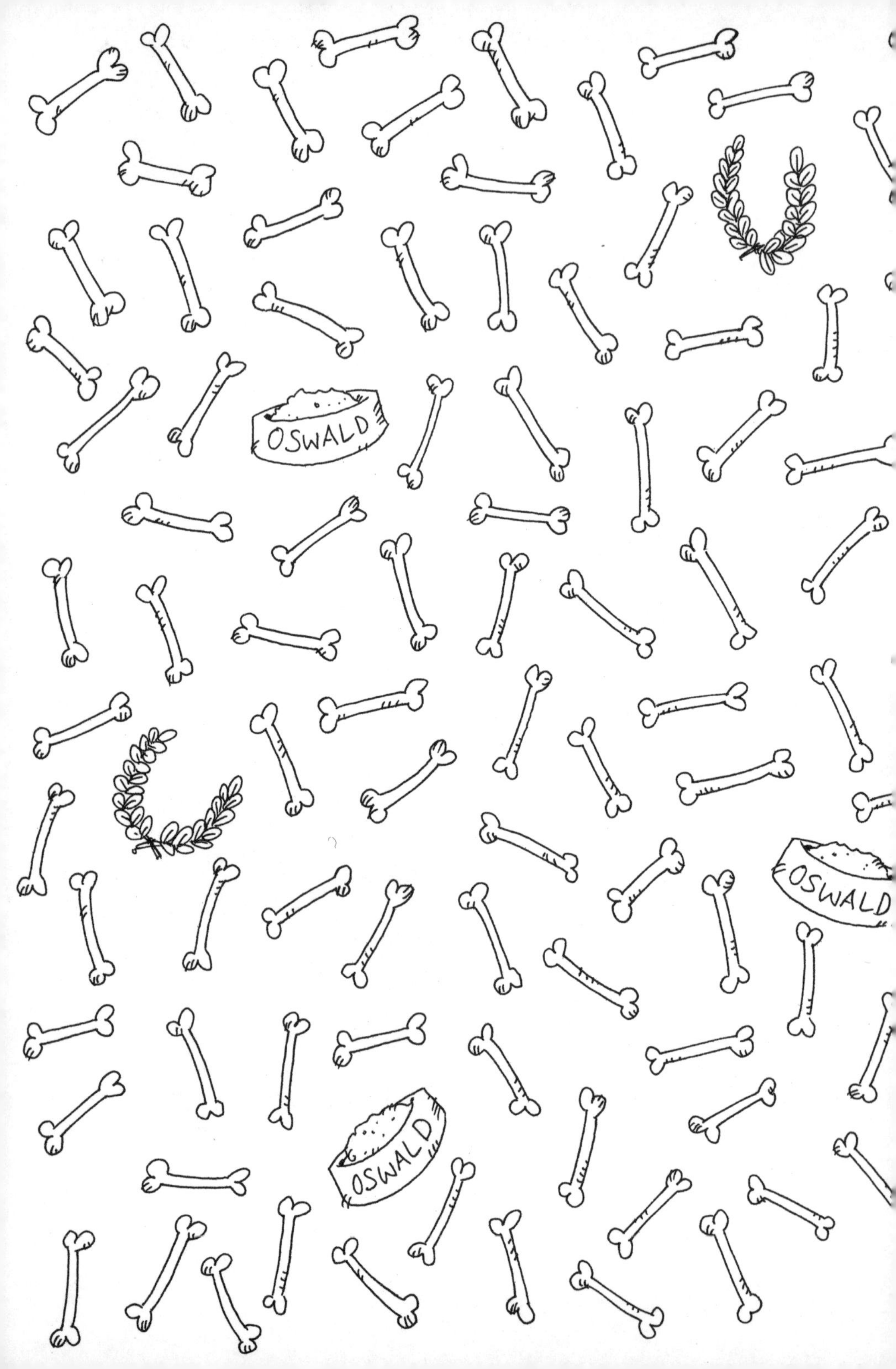
OSWALD
OSWALD
OSWALD